LES CONSPIRATEURS

Paru dans Le Livre de Poche :

IMPÉRATRICE

SHAN SA

Les Conspirateurs

ROMAN

ALBIN MICHEL

© Éditions Albin Michel et Shan Sa, 2005.
ISBN : 978-2-253-12141-1 – 1ʳᵉ publication LGF

A quinze heures précises, la concierge portugaise du 21 place Edmond-Rostand ouvre grande la porte cochère en bois massif. Dans le hall de l'immeuble, Jonathan regarde deux transporteurs décharger son réfrigérateur de leur camionnette. Rosa est visiblement sensible au charme du nouveau locataire.

– Vous êtes dans un immeuble tranquille, lui dit-elle. Au premier, il y a M. Martin et sa femme, tous deux avocats. Au deuxième, habite Mme Tison, la propriétaire de l'immeuble. Comme elle reste de plus en plus longtemps à la campagne, ses neveux viennent quelquefois. Juste au-dessus de vous, le quatrième étage a été acheté par un couple d'Américains. Ils séjournent à Paris tous les deux mois. Il est facile de savoir quand ils sont là : elle joue du piano, mais jamais le soir...

Un bruissement au fond du hall. Jonathan se retourne. La porte de l'ascenseur s'écarte et apparaît une jeune femme asiatique, longs cheveux noirs qui flottent sur un manteau noir. Elle ne ressemble en rien aux photos qui la saisissent en sourires et poses romantiques. Son visage est glacé. Ses traits sont durs. Son nez effilé présente une fierté masculine. Habillée tout de noir, la seule touche de couleur est celle de sa bouche peinte d'un rouge laqué.

La porte de l'ascenseur toujours ouverte, elle ne bouge pourtant pas. Ses yeux balaient l'extérieur et s'arrêtent sur Jonathan.

Jonathan comprend que son visage bronzé, ses cheveux blonds, son mètre quatre-vingt-dix et le gros réfrigérateur américain justifient un examen minutieux de la part d'une femme qui a été traquée par les hommes. D'un pas il s'écarte et la concierge surgit.

– Bonjour, madame.

– Bonjour, Rosa.

Rassurée par la présence d'un visage familier, la jeune femme sort de l'ascenseur.

– Je vous présente monsieur Julian qui va habiter au troisième.

– Enchanté d'être votre voisin.

Jonathan lui offre son plus beau sourire.

– Bon courage, répond-elle froidement. Bonne journée, Rosa.

Jonathan attend qu'elle sorte de l'immeuble pour émettre un commentaire :

– Très charmante voisine. De quel pays est-elle originaire ?

– Elle est chinoise, son appartement est au cinquième, plus petit que le vôtre mais elle a une vue superbe sur Paris. Ça fait quatre ans qu'elle habite ici. Elle enseigne les arts martiaux au jardin du Luxembourg. C'est un maître de kung-fu, comme Bruce Lee.

– Maître en arts martiaux. Je vais me tenir correctement devant elle !

– Mme Ayamei n'est pas n'importe qui, explique

Rosa qui prend la défense de sa locataire. C'est une personnalité ! Plusieurs fois je l'ai vue aux infos de vingt heures. Elle connaît plein de politiques français.

Elle baisse la voix :

– L'autre jour, je l'ai aperçue marcher dans le Luxembourg avec le président du Sénat.

– Je vous promets de lui manifester tout le respect qu'elle m'inspire.

– Monsieur, vous avez de la chance d'habiter en face du Luxembourg. Souvent on sonne à ma porte pour savoir s'il y a des appartements à louer. Vous comprenez, pareille adresse, quand on y entre on n'en repart pas. Vous serez bien là-haut. Si vous avez besoin de quelque chose, n'hésitez pas à m'appeler.

– Merci, Rosa. Je vous dérangerai sûrement. Bonne journée !

Pour Jonathan, qui se tient à sa fenêtre, le jardin du Luxembourg est une vaste scène de théâtre. Les acacias, les frênes, les chênes se détachent sur un ciel barbouillé de bleu et de gris. Une douce lumière éclaire les statues de l'allée principale, illumine le toit du Sénat et accentue le jeu des perspectives qui glorifient la richesse de la nature et l'ingéniosité des hommes. Au pied de la fontaine Médicis, Neptune verse un filet d'eau. Un sentier serpente entre les arbres et Jonathan voit passer les coureurs, les promeneurs. Un couple d'amoureux s'arrête pour s'embrasser. Derrière eux, des bancs verts et des liseurs immobiles sont dessinés sur un carton où l'on distingue, dissimulé dans un buisson, le profil d'un gendarme. Plus loin, dans le fond du décor, plusieurs chemins convergent vers un bassin. Les traits parallèles blancs suggèrent le scintillement des eaux, les éclaboussures sombres évoquent les mouettes et les petits bateaux. Plus loin encore, la coupole de l'Observatoire flotte dans la brume, aspirant le regard dans un infini artificiel.

Où se trouve le monde véritable ? Jonathan sait combien il est facile de créer un univers en trompe l'œil. En un rien de temps, les hommes ont tracé un horizon, planté des arbres, dessiné des rues. Au milieu d'un carrefour, la silhouette d'un policier suggère la circulation, le bourdonnement continu d'une ville moderne. Quelques lumières scintillant sur la façade d'un immeuble suffisent à évoquer la vie des habitants, la répétition du quotidien, le tic-tac du temps qui passe.

A sept heures du matin, de la fenêtre du troisième étage, derrière son rideau de voile, Jonathan scrute le Luxembourg avec la concentration d'un médecin légiste qui étudie un cadavre. Le faisceau de ses jumelles se faufile entre les feuillages vert-jaune, les pelouses vert-bleu, les mollets des coureurs et les crânes des promeneurs, puis s'immobilise.

Il découvre une femme au milieu de la scène, sous un vieux marronnier. Elle danse, une épée à la main. Son arme étincelle. Ses gestes sont lents. Elle intrigue le public.

L'épée glisse lentement, avec assurance, et calligraphie un langage codé. L'actrice avance, recule, se retourne, plie les jambes, se tient sur un pied, tend l'autre en l'air. Soudain, ses gestes s'accélèrent, son arme semble se multiplier. Les mots qu'elle dessine éclatent en gerbes d'étincelles.

Jonathan pense aux renseignements qu'on lui a communiqués. A aucun moment on n'a mentionné qu'elle pratique les arts martiaux. Ceux qui ont épluché sa vie n'ont-ils pas vérifié ce qu'elle faisait au Luxembourg ? Il est trop tard pour adresser un rapport sur cette négligence. Ils savent avoir raison surtout quand ils ont tort. « Nous ne voulions pas te distraire avec ces détails inutiles », lui diront-ils.

Elle est pékinoise. Son passé se résume en dix pages

imprimées. Jonathan, et quelques initiés aux secrets de ce monde, les ont lues. Elle est née le 23 décembre 1968, à six heures du matin, à l'hôpital de Hai Dian, à l'ouest de Pékin. Quelle fut la douleur de l'accouchement, quelle fut la joie des parents, quels visages s'imprimèrent sur la rétine de ses yeux qui s'ouvraient pour la première fois ? Quelles conversations son oreille a-t-elle enregistrées ? Quelle fut la couleur de l'aube qui s'était levée pour l'accueillir ? Quels sont les bruits, les odeurs, les frémissements, espoir et déception, qu'on enregistre lorsque la vie se dévoile ? Ces détails restent ignorés. Ils ressemblent à des bulles de savon et dédient leur éclat furtif à l'oubli, unique spectateur de cet univers en constant changement. Seuls comptent les dates, les faits, les quelques paroles recueillies ou réinventées, ici et là, pour établir le fichier d'une existence. 1968, en Chine, dans ce pays où le soleil décline tandis qu'il se lève en Europe, la Révolution culturelle fait rage. Les parents d'Ayamei, des universitaires, vont effectuer plusieurs séjours dans des camps de rééducation, laissant leur fille unique aux soins de la grand-mère paternelle. A six ans, l'enfant est envoyée à l'école de l'Orient Rouge, aujourd'hui rasée et remplacée par un grand magasin. Dans cette biographie officieuse, pas une ligne sur son corps qui poussait, ses sentiments qui se formaient, pas un mot sur son apprentissage de la discipline, les premiers exercices de la raison. Le monde du renseignement fait également abstraction des vêtements. Mais Jonathan devine que, sous l'influence révolutionnaire du voisin soviétique, elle a dû porter l'uniforme des Jeunes Pionniers, chemisier blanc, pantalon bleu et foulard pourpre, le tout en coton car la soie avait disparu dans ce pays menacé par la famine. En revanche, il ignore les sports préférés et les aliments quotidiens de la petite fille. Il ne peut non plus reconstituer ses cris de joie et ses sanglots. Il est incapable de dire si elle a lu des contes traditionnels, si, au cours de ses nuits paisibles, elle a rêvé des arbres chantants, des oiseaux masqués, des chats seigneurs d'un royaume d'abondance et d'insouciance.

Il n'a droit qu'à cette date : 9 septembre 1976, Ayamei entre en deuxième année de collège. Le président Mao décède. Fin de la Révolution culturelle.

Un agent, qui a réussi à rejoindre Pékin cette année-là, a laissé un rapport qui, trente ans plus tard, donne à Jonathan un éclairage intéressant sur sa cible. Il raconte qu'au début du mois de novembre, quand souffla le vent cinglant de Sibérie, toute la ville fut prise d'une activité fébrile, comme si ses habitants se préparaient à soutenir un siège. Les hommes et les femmes se passaient de main en main des choux distribués par leurs unités de travail. Ils les stockaient dans les caves, sur les toits, dans les escaliers et sur les balcons. En quelques jours la ville avait été recouverte de choux, seul légume pour un long hiver rude. Grâce à cette note, Jonathan visualise une petite fille qui marche péniblement dans le vent, portant dans ses bras des choux énormes. Il voit dans ses yeux un ciel cristallin, des lacs gelés, des pagodes immobiles et une terre blanchie par l'aquilon. Ayamei, grosse boule enveloppée d'une veste et d'un pantalon ouatés, a bravé la sévérité de la vie pour grandir.

1980-1986, lycée du Soleil Levant. Elle est bonne élève. Six années s'écoulent. Aucun événement consigné. Ce n'est qu'une question de budget. Les décideurs ne veulent pas gaspiller, par conséquent les enquêteurs ne se sont pas fatigués. Jonathan sait que le pays, durant ces six années, a accompli une extraordinaire transformation. Les magasins d'alimentation se sont remplis et les petits commerces ont fleuri. La censure morale s'est adoucie. Pour quelques centimes, les lycéennes pouvaient acheter les photos de stars piratées et imiter timidement leur coiffure. Jonathan suppose qu'Ayamei était studieuse malgré l'agitation de tout un peuple qui s'éveillait grâce à l'assouplissement du régime. Car, l'été 86, elle a réussi le concours national auquel plus de cent millions d'adolescents s'étaient présentés devant les portes étroites des universités. Elle a été ce « un sur cent millions », reçu à l'université de Pékin, institution de prestige, un train en or pour un avenir doré.

Les réformes des années quatre-vingt ont trouvé leur impasse à Tianan men. Printemps 1989, Ayamei, en troisième année de droit, devient un des leaders du mouvement estudiantin. Pourquoi elle ? Pourquoi la jeune fille, après dix ans d'études assidues et de compétition féroce, décide-t-elle de mettre en jeu son avenir ? Pourquoi cette révolte alors qu'elle est l'élue du système ? Qu'a-t-elle vu, entendu, lu, à combien de réunions secrètes, de conférences clandestines a-t-elle participé ? Ces détails ne semblent intéresser personne. On n'en donne aucune explication.

Mais Ayamei est passée de l'ombre à la lumière. Elle est devenue une héroïne qui émerge de la masse. C'est alors que, dans son dossier, les photos se multiplient. Elles proviennent des archives de la presse internationale. Encore une fois Jonathan félicite les enquêteurs pour avoir accompli un bon boulot sans trop travailler.

Ayamei, un mégaphone à la main, harangue la foule des étudiants ; Ayamei à la table des négociations face à l'éminence communiste, tête haute, visage fermé. Sans hésiter on a fourgué à Jonathan une photo qui a déjà fait le tour du monde : place Tianan men, des milliers d'étudiants en grève de la faim grelottent sous la pluie. Au centre, l'eau ruisselle le long de la stèle commémorative des Héros de la liberté. Sur les marches, une jeune fille est assise sur des sacs plastique, tenant de sa main gauche un parapluie, de sa main droite une cigarette. La fumée s'élève en volutes et danse devant son sourire à la fois désespéré et exalté. Son regard noir fixe le lointain où l'on devine les chars et les camions chargés de soldats. A vingt et un ans, Ayamei est devenue un mythe.

On a inondé Jonathan d'informations sur cette période. La nuit du 4 juin, l'armée a donné l'assaut et Ayamei s'est enfuie de Tianan men. Dès le matin du 5, elle est en haut de l'avis de recherche diffusé par le gouvernement. Sa photo est affichée dans toute la Chine. Des détachements militaires se lancent à sa poursuite. L'Occident la croit morte. Deux ans plus tard, elle plonge dans la mer de Chine et atteint Hong Kong à la nage. La France l'accueille. Deux ans encore et Tianan men n'est plus d'actualité. La cause tibétaine, soutenue par Hollywood, a le vent en poupe. Paris reçoit la réfugiée avec courtoisie. Ayamei apprend le français, passe une maîtrise et un doctorat de sociologie à Sciences po. Sa nouvelle vie est tranquille. Elle donne peu d'interviews, refuse les offres des éditeurs. Elle préside pendant deux ans l'Association de lutte pour la démocratie en Chine, puis la dissout, faute de financement. Elle ne renonce pas à ses activités politiques. En 1996, elle fonde le Cercle des amis de la démocratie en Chine, association bénévole qui organise rencontres, débats et conférences.

Comment peut-elle défier la Chine qui a soigné son traumatisme Tianan men en enterrant à la fois les étudiants, le rêve de démocratie et l'idéal communiste ? Années quatre-vingt-dix, explosion économique. A Pékin, les immeubles soviétiques ont été rasés et les gratte-ciel ont poussé. Shanghai ambitionne de devenir la première capitale financière de l'Asie. Guangdong attire la ruée des entreprises étrangères. Aux Etats-Unis, ses amis, les anciens leaders du mouvement étudiant, sont devenus informaticiens, traders, professeurs et prêtres. Tous cherchent une nouvelle religion. Les héros de Tianan men ont été emportés par la vague de l'Histoire et les temps modernes, indifférents à la douleur des individus, s'accélèrent encore.

2005, Ayamei a trente-sept ans. Elle n'a pas de fiancé, pas d'enfant, pas de travail fixe. Pour les Occidentaux, sa vie n'a pas commencé. Pour les Chinois, son nom sonne déjà comme un écho de la préhistoire.

Un long coup de sonnette retentit dans l'appartement. Jonathan ouvre la porte.

– Bonjour, monsieur, c'est vous qui avez commandé le lit ?

Il sourit.

– Absolument. Entrez.

Les lettres ont été décachetées, les factures épluchées. Les heures de sortie et de retour ont été consignées. Le trajet de l'ascenseur entre les étages chronométré. Le parcours de la cible dans le métro a été observé, ses allures étudiées, ses humeurs analysées. Les plans A, B et C ont été élaborés. Jonathan va forcer la probabilité.

Le 20 février, sur le trottoir de la rue de Médicis, ils se disent bonjour. Au regard indifférent de la réfugiée politique, il réplique par un étirement maîtrisé des lèvres supérieure et inférieure, un grand sourire dévoilant ses dents blanches.

Le 21 février, au pied de l'immeuble, elle lui demande s'il est bien installé. Il l'interroge sur son pays d'origine. Leurs regards ne se sont pas quittés pendant quelques secondes. Elle sonde ses intentions. Il s'efforce de pénétrer sa pensée.

Le 23 février à sept heures vingt-six, ils traversent ensemble la rue de Médicis et entrent dans le jardin du Luxembourg.

Le samedi, à quatre heures de l'après-midi, il l'a suivie discrètement jusqu'à la librairie La Procure. Elle se promène entre les rayonnages. Il surgit. Surprise, elle repose le roman qu'elle tenait à la main. Il jette un coup d'œil furtif : un John Le Carré. Il a lu tous ses livres. Elle prétend n'en avoir lu que la moitié. Il lui résume l'autre moitié. Sa voix est chaude et magnétique. Elle l'écoute attentivement, reprend l'ouvrage et se dirige vers la caisse. Il continue à lui parler. Elle oublie d'avancer. La caissière s'impatiente. Il la calme de son sourire séducteur et règle les achats. Ayamei veut le rembourser. Il refuse. Elle insiste. Devant la librairie, les gens se retournent. Il finit par dire : « Vous m'inviterez à prendre un verre. »

Dehors, le soleil brille. Paris se dégèle et les Parisiens se déboutonnent. A la terrasse du Café de la Mairie, les filles s'exhibent devant les dragueurs à l'affût. Il décide de ne pas lui proposer ce verre tout de suite alors qu'il la devine libre. Place Saint-Sulpice, les lions de pierre crachent leurs filets d'eau. Des pigeons picorent. Un chien court après un ballon. Il s'arrête devant la fontaine et sourit. « Au revoir, Ayamei », dit-il de sa voix vibrante tandis qu'elle semble vouloir continuer la conversation. Ils se saluent d'un signe de tête et s'en vont chacun de son côté.

Le 1er mars, il rentre tard du bureau et la croise devant l'ascenseur. Ce jour-là, il a fait une chaleur exceptionnelle. La nuit est tiède. Ayamei est maquillée. Ses yeux ombrés paraissent encore plus bridés. La laque rouge vif de ses lèvres donne un relief mystérieux à son visage. Elle porte une longue tresse et une paire de pendants d'oreilles de cristal. Ils se disent bonsoir. Il la toise et remarque ses jolies chaussures à pointes fines. Elle marche vers la porte et lui vers l'ascenseur. Les murs renvoient les échos de leurs talons qui résonnent en duo grave et aigu. Il tourne la tête. Elle aussi. Elle semble sourire avant de franchir le seuil de l'immeuble. Le bas de son manteau se soulève, une jupe pourpre s'évanouit dans la nuit.

Le 2 mars, il la croise devant le local des poubelles. Il lui demande où se trouve la cave. Elle sort sa clé et ouvre une porte cachée derrière les plantes vertes de Rosa. Ils descendent un escalier en colimaçon. Au premier sous-sol, les piliers en pierres de taille, le linge de la concierge accroché sur un fil feraient un parfait décor pour *Les Misérables*. Au deuxième sous-sol, un long couloir festonné de toiles d'araignées.

– Au bout du couloir, il y a une pièce sans porte et sans éclairage. Je pense qu'elle est à vous. Voulez-vous la voir ?

– Non.

Elle le fixe un instant.

– A côté, une porte donne sur la cave de l'immeuble voisin.

– Vraiment ? dit Jonathan qui feint la surprise.

Le 5 mars, au petit matin, Jonathan rêve qu'il joue dans une pièce dont l'histoire se déroule dans une cave. Sur scène, il appuie sur un interrupteur et une ampoule jaune s'allume. Ayamei est blottie sous une couverture de laine, couchée sur un matelas. Elle tousse. Son corps amaigri, ses nattes sales, son visage barbouillé de noir exagèrent sa misère. Elle lui tend les bras.

– Où étais-tu ? Je t'ai attendu longtemps !

Il recule d'un pas, sent naître dans son ventre une boule de chaleur. Il la fait monter vers son thorax. Il inspire discrètement. Les poumons gonflés d'oxygène, il lâche d'une voix vibrante et sensuelle :

– La guerre a éclaté. Je dois partir au front.

– Ne m'abandonne pas ! sanglote-t-elle.

Il joue l'infortuné saisi par le désespoir, avance de trois pas, se penche pour montrer qu'il aurait voulu l'embrasser. Mais il se retient et se relève. La dureté de sa voix contraste avec son regard désolé :

– Excuse-moi. Je dois partir. Je suis un soldat !

Elle s'élance vers lui.

– Ne me laisse pas seule dans cette cave !

Il recule et elle tombe à ses pieds. Comme effrayé par la cruauté de son acte, il couvre son visage de ses mains, pivote et se met à courir. Un coup de projecteur. Le soleil. Une rue inconnue. Ebloui, Jonathan ne se souvient plus quelle est la part de la réalité et celle de la fiction. Il comprend qu'Ayamei et lui vivent désormais dans deux mondes parallèles et que plus jamais ils ne se reverront.

Il se réveille.

Il bruine sur le Luxembourg. Jonathan court. Les statues des reines et le sourire des poètes de marbre s'enfoncent dans la rétine de ses yeux. Il croise une brune aux foulées énergiques, un maillot vert fluorescent, une paire de mollets saillants, trois chiens huskies attachés à la ceinture d'un homme et diverses énergies vivantes et mobiles. Tous trottent le long des grilles du jardin dans le sens inverse des aiguilles d'une montre. Sauf lui.

Au loin, les élèves d'Ayamei commencent à se rhabiller et à se disperser. Jonathan consulte sa montre : neuf heures trois. Ayamei a terminé sa première leçon. Il ralentit et déclenche le plan A.

– Bonjour !

– Bonjour ! Vous avez couru comme un fou aujourd'hui.

– J'ai fait un cauchemar cette nuit. Devinez ? La cave du 21...

Un jeune Chinois s'interpose.

Ayamei fait les présentations.

– Jonathan, Lin est mon élève. Lin, je te présente mon voisin, Jonathan.

Le Chinois a la même taille que lui. Il porte un débardeur noir et exhibe, tel un acteur de film de kung-fu, ses biceps saillants.

– Bonjour.

Jonathan lui tend la main. Le garçon lui lance un regard mauvais et ne bouge pas.

– Lin est arrivé de Chine il y a un an, c'est un sauvage. Vous permettez ? intervient Ayamei. Je vais lui dire un mot en chinois.

Elle entraîne son élève à l'écart et sa voix bascule brusquement. Son chinois a maintenant une sonorité masculine et autoritaire.

– Travaille ton français. Tu n'as fait aucun progrès depuis un mois. C'est inadmissible.

Elle sort de son sac un livre qu'elle lui fourre dans la main. Jonathan entend le garçon grommeler :

– Qui est-il ?

Elle l'interrompt :

– Ne t'occupe pas de mes affaires.

– Qu'est-ce qu'il te veut ?

– Travaille ton français. A mardi.

Ayamei revient vers Jonathan qui l'attend avec la question destinée à déclencher une conversation :

– Il y a longtemps que vous pratiquez les arts martiaux ?

– J'ai commencé tard, à vingt-deux ans.

Jonathan calcule dans sa tête. Vingt-deux ans, elle était alors en cavale quelque part en Chine, l'armée chinoise à ses trousses. Quelqu'un les lui a enseignés pour qu'elle se défende.

– En France ?

– Non, en Chine.

Elle ne précise pas davantage.

– Une rencontre avec un maître ?

– Une longue histoire. Je vous raconterai.

Excellente esquive pour ne rien révéler.

Jonathan entreprend un nouvel essai. Pour se glisser dans son intimité, il faut qu'elle s'ouvre à lui.

– Pourquoi êtes-vous venue en France ?

– Les Français adorent poser cette question, dit-elle. Vous ne pensez pas que la France est un pays de beauté et de culture et qu'il est normal qu'il attire les étrangers ? Si vous viviez en Chine, vous verriez qu'aucun Chinois ne vous demanderait pourquoi vous avez choisi ce pays.

Jonathan admire cette réponse floue, ouverte sur un débat et fermée sur la question d'origine. Ayamei a raison de refuser de se dévoiler au premier venu. Sa souffrance ne peut être ni comprise ni partagée. Une femme qui ne veut pas attirer la pitié est orgueilleuse. Il la flatte :

– Vous avez raison. La Chine est un continent confiant en son avenir. La France est minuscule, plantée au centre de l'Europe. Il est normal que les Français aient un peu de complexes et beaucoup d'angoisse. J'ai mal formulé ma question. Je me demandais comment une Chinoise avait le courage de vivre loin de sa grande civilisation ? Pourquoi avez-vous choisi notre petit pays ?

Elle sourit.

– De nous deux, l'étranger c'est vous. Vous étiez en chemise, les manches retroussées, le jour où je vous ai vu pour la première fois, pendant que les Parisiens sortaient encore en manteau. A Paris, en cette saison, les hommes et les femmes sont pâles, vous avez un teint bronzé et les cheveux blondis par le soleil. Vous ne portez sur vous ni l'usure des transports en commun ni l'épuisement d'un long hiver. Vous avez une allure différente et un air venu d'ailleurs. Dites-moi d'abord qui vous êtes, d'où vous venez, et pourquoi la France ?

Jonathan éclate de rire. Jusqu'à présent elle n'a jamais répondu dans le sens qu'il souhaite. Son caractère l'amuse. Ce n'est pas tous les jours que l'on rencontre une révoltée de Tianan men.

– Dois-je prendre vos interrogations pour des compliments ?

Ils s'arrêtent devant le feu tricolore de la rue de Médicis. Elle lève son menton vers lui et lui lance un regard provocateur.

– Ne les prenez pas pour des insultes. Je suis étrangère. Je reconnais les étrangers.

Le feu vire au vert pour les piétons.

Il avance silencieusement. Raconter sa vie, c'est s'affaiblir. Les hommes et les femmes ont ce penchant naturel. Il suffit d'une bonne question pour qu'ils se confient à n'importe qui. Souvent, Jonathan s'exerce à confesser les inconnus qu'il croise. Chaque fois, la magie fonctionne et il est heureux de se sentir supérieur. Ayamei n'entre pas dans cette catégorie. Son traumatisme est sûrement profond bien qu'elle n'en porte aucune trace visible. Jonathan doit renoncer au plaisir de lui arracher trop vite un récit qu'il connaît déjà. Puisqu'elle refuse de parler d'elle, il va parler de lui.

– Vous avez deviné juste. Vous êtes forte, dit-il.

Règle d'or dans une conversation : toujours donner l'impression à son interlocuteur qu'il est le plus intelligent des deux. Il capte un sourire vague au coin des lèvres de la Chinoise.

– Je viens d'un pays que vous connaissez peut-être : Hong Kong. J'y ai vécu dix ans. En revenant à Paris, je croyais avoir tiré un trait sur la Chine et je découvre que j'ai une Chinoise pour voisine. Intéressant, non ? Vous êtes allée à Hong Kong ?

Jonathan espère qu'elle enchaînera sur l'île qu'elle a rejointe à la nage en août 1991, mais elle reste sourde à sa suggestion.

– Vous faites quoi dans la vie ? lui demande-t-elle.

Il proteste :

– Vous me faites subir un interrogatoire.

– Sans détecteur de mensonge et sans torture. Vous pouvez mentir.

– Vous êtes pessimiste sur les hommes. Pourquoi ?

Elle sourit et récite :

– La vie est un songe et un mensonge.

– Dans ce cas-là, si je mens je dis la vérité, réplique-t-il.

Il pousse la porte de l'immeuble. L'écho de sa voix résonne dans le hall :

– Je suis ingénieur chez Heavens, au 240, avenue de

la Grande-Armée, une société spécialisée dans les logiciels en trois D. Nous sommes numéro un en France et numéro trois en Europe. Vous pouvez vérifier en téléphonant au 0801.802.03. Vous avez aussi accès à la compagnie par www.heavens.fr. Vous y trouverez ma photo, vous aurez aussi ma date de naissance.

Jonathan n'attend pas son commentaire et contre-attaque :

– Et vous ? Que faites-vous ?

– Je n'ai pas de vrai métier, dit-elle avec négligence. Je survis en donnant des leçons de chinois aux enfants et des cours d'arts martiaux aux adultes.

– Pas de vrai métier ? Je ne vous crois pas, vous avez l'air de faire quelque chose de sérieux.

Jonathan prend un ton désinvolte.

– Pourquoi pas une espionne chinoise ?

Elle se raidit et réplique :

– Tous les étrangers éveillent le soupçon. Pourquoi abandonner la certitude d'une vie et oser l'incertitude d'une autre ? Que cherchent-ils à s'approprier en France ? Ai-je bien interprété votre pensée ?

Jonathan est heureux de la voir vexée.

– Vous avez beaucoup de charme, s'explique-t-il.

Elle répond froidement :

– Merci pour le compliment.

Lentement, la porte de l'ascenseur s'écarte puis se referme. L'espace exigu se remplit de la fraîcheur glacée du Luxembourg imprégnée sur leurs vêtements. Acculée au miroir pour ne pas se coller à Jonathan, Ayamei garde les yeux baissés. Soudain il hume un parfum agréable de femme. De son mètre quatre-vingt-dix, il redécouvre ces traits qu'il avait d'abord trouvés durs. Son nez aquilin ne le dérange plus. En revanche, il donne une âme aux sourcils épais, aux lèvres charnues, aux yeux soulignés de cils noirs qui, assemblés autour de cette proéminence fière, dégagent une sensualité singulière.

Jonathan jette un coup d'œil sur sa propre image reflétée dans le miroir. Des cheveux blonds bouclés coupés court, une fine barbe du matin, des yeux bleus et rêveurs. Il se sourit. Qui résisterait à ce sourire innocent, enthousiaste et victorieux ?

– Une devinette pour voir si vous êtes intelligente, lui dit-il après avoir calculé le temps restant avant que l'ascenseur arrive à son étage.

Elle lève la tête. Sous la lumière du néon, il lit les sillons et les crevasses minuscules de ses lèvres comme sur une carte du monde. L'ascenseur tressaille et s'immobilise. Le chiffre 3 s'allume sur le panneau et la porte mécanique s'écarte. Jonathan bloque la fermeture avec sa main. Il énonce sa devinette en fixant bien sa cible dans les yeux :

– Un couple américain a adopté un enfant dans un orphelinat de la banlieue parisienne et l'a emmené en Californie. Que devient-il à votre avis ?

– Un Français en Amérique et un Américain à Paris, répond-elle sans ciller.

– Bravo ! Vous venez de gagner un petit déjeuner continental.

Elle semble hésiter.

– Acceptez. Vous mourez d'envie de me démasquer.

La clé tourne dans la serrure.

La porte s'ouvre devant lui.

La porte se referme derrière elle.

Ayamei marche droit vers la fenêtre.

– C'est la première fois que je le vois depuis cette hauteur, juste au niveau des arbres.

Elle ferme les yeux.

– Ici, on plonge tout de suite dans les feuilles et dans l'infini. Il est magnifique, votre Luxembourg, une forêt !

– Merci, répond Jonathan qui ne dissimule pas sa fierté.

Elle rouvre les yeux et scrute le jardin avec émerveillement.

– Voilà la fontaine Médicis... Vous voyez ce marronnier ? C'est là que je donne mes cours chaque matin.

– Je sais. Je me suis acheté une paire de jumelles pour regarder les oiseaux. Et je vous ai découverte. Tenez, essayez.

– J'espère que je ne vous ai pas déçu.

– Vous m'avez fasciné ! Dès que vous levez votre épée, vous vous transformez en serpent, en panthère, en aigle. Bref, un animal souple, léger, dangereux.

– Vous savez flatter, lui lance-t-elle tout en regardant le paysage avec les jumelles.

– Menteur, flatteur, l'homme est-il si mauvais ?
Elle lui rend les jumelles et le fixe en souriant.
– D'après vous ? Que pensez-vous des hommes ?
Il rétorque aussitôt :
– Parlons donc de vous. Plus vous vous taisez, plus vous vous trahissez. Vous avez une histoire, un passé. Vous dégagez quelque chose de singulier.
– Je suis... une espionne.
– C'est vrai. J'avais oublié.
Il n'y a rien à faire, elle se protège. Jonathan modifie sa tactique et change de sujet.
– Je vous fais visiter... Ici, ma chambre.
– Les cheminées marchent bien dans notre immeuble. Je vous donnerai le téléphone du ramoneur.
– J'ai trois cheminées, je vais les faire fonctionner le plus tôt possible... Ici, une pièce de rangement. Pour l'instant, c'est le bordel. J'y installerai une bibliothèque. Vous voyez la tour Eiffel ?
– Bientôt les feuilles du marronnier auront poussé, vous ne la verrez plus. Il faudra monter chez moi.
– Faudra-t-il attendre si longtemps ? Je veux dire, pour voir votre tour Eiffel ?
Elle détourne le regard.
– C'est vous ? Je peux ?
Elle s'arrête devant un paquet de photos que Jonathan a laissé traîner dans la perspective de cette visite « imprévue ». Debout sur sa planche de surf, torse de bronze et muscles d'acier, il glisse sur le long rouleau d'une vague.
– C'était l'été dernier, à Bali.
– C'est beau !
– Merci.

– Vous avez un beau corps, précise-t-elle.
– Merci !
– Etes-vous un grand voyageur ou un surfeur qui court après les grosses vagues ?

Il soupire.

– Ni l'un ni l'autre. Je voyage tout le temps pour ma société et très peu pour mon plaisir. Une fois par an, je prends quinze jours pour ne faire que du sport. L'effort physique me repose. Tenez, j'étais au Népal cet été-là. L'énergie de l'Himalaya était extraordinaire, un faisceau de lumière que la terre projette vers le ciel.

Il lui indique une photo où il grimpe sur un glacier.

– Le surf, l'alpinisme, vous recherchez l'équilibre dans le déséquilibre, l'accomplissement dans le défi perpétuel.

Troublé par ses commentaires, Jonathan regrette d'avoir montré les photos qui ont trahi sa véritable personnalité.

Il ne laisse pas Ayamei finir et l'entraîne vers la cuisine.

– Venez par ici, c'est ma pièce préférée.
– Je dois dire que c'est la mieux équipée de votre appartement.
– La civilisation a évolué. Autrefois les cuisines étaient étroites, grasses, sombres, réservées aux bonnes et aux mères de famille. Maintenant elles sont spacieuses, confortables, lumineuses, une vraie thalasso pour les hommes pressés.

Jonathan installe Ayamei à une table en verre et lui propose :

– Thé ou café ?
– Du thé, s'il vous plaît.

Il verse de l'eau dans la bouilloire et lui lance sans se retourner :

– Vous vous êtes trompée, je ne suis pas un funambule, dit-il d'une voix convaincante. Les sports que je pratique me réconcilient avec la nature. La nature me communique son énergie et me rend plus combatif dans la vie quotidienne. Earl Grey ? Thé vert ?

– Thé vert, bien sûr, je suis chinoise. Je ne vous crois pas. Quelque chose dans votre regard me dit que vous aimez les aventures périlleuses.

Cette femme est dangereusement intelligente, mais Jonathan est encore meilleur quand il est en déséquilibre. Il éclate de rire, pivote et la fixe dans les yeux.

– Ayamei, est-ce les arts martiaux qui vous ont appris à vous défendre en attaquant ? Vous ne dites rien sur vous et vous voulez tout savoir sur moi. Est-ce que je vous fais peur ?

Elle soutient son regard.

– Oui, vous me faites peur.

Il sourit.

– Du pain grillé ? Combien de tranches ?

– Deux, s'il vous plaît. Comment avez-vous trouvé cet appartement ?

– Par une annonce sur Internet. C'est le premier que j'ai visité à Paris. Je suis venu directement de Hong Kong. Je suis entré. J'ai posé ma valise. Je me suis étonné de ne pas voir les gratte-ciel, les ponts aériens, les joncs et les cargos par la fenêtre mais un jardin, le Luxembourg. J'ai ouvert la fenêtre. Le calme de Paris m'a surpris. Une ville sans grondements de chantiers, sans cris de sirènes. Je l'ai loué aussitôt en versant un an de loyer à l'avance.

– Ce jour-là, vous deviez avoir une valise minuscule. Dans cet appartement, tout est neuf : le lit, le canapé, le tapis, le frigo, la théière, la tasse, la cuillère, la boîte à sucre. Aucun objet n'a un passé, sauf vos photos. Une renaissance ?

A Jonathan de soutenir le regard d'Ayamei.

– Excellente observation. Pour la plupart des gens, vivre c'est s'encombrer. Moi, je suis habitué à ne m'attacher à rien et à ne rien posséder. Les meubles, je les achète et les revends. Les livres, je les disperse quand je déménage. Les objets ? Je n'en ai presque pas.

– Il est certain que c'est une force.

Pour une fois qu'ils sont d'accord, il en profite pour lui glisser un beau récit imaginaire :

– Quand mes parents m'ont adopté, je n'avais que quatre ans. Ils ont toujours cru que je n'avais gardé aucun souvenir de ma vie d'avant l'adoption. En réalité, je me souviens d'un petit oreiller qui ne me quittait jamais. Je vois encore ma mère quand elle m'a pris dans ses bras et que sa main me l'a arraché. Je n'osais pas pleurer. Je n'osais même pas respirer. Elle l'a jeté dans une poubelle à la sortie de l'orphelinat. Je suis monté dans une voiture avec elle, puis dans un avion.

Ce coup-ci, elle semble croire à ce qu'elle a entendu. Une lueur de tendresse est apparue pour la première fois dans ses yeux.

– Depuis, vous avez perdu confiance. Vous avez raison, il ne faut s'attacher à rien.

– C'est trop vite conclu. Je ne m'attache pas aux objets, je ne possède rien, mais mon cœur est rempli de souvenirs. J'ai un bel album invisible dans lequel j'ai classé des visages, des voix, des villes. Je l'emporte partout avec moi et je l'ouvre de temps en temps, avec plaisir.

– Intéressant... J'aime beaucoup votre façon de parler. Vous regardez la vie avec hauteur, en vrai alpiniste. Une de mes amies a été dans le même cas que vous. Elle a recherché désespérément ses parents biologiques. Avez-vous tenté la même démarche ?

Puis elle ajoute :

– Si ça vous gêne, nous pouvons parler d'autre chose.

– Pas du tout, s'écrie-t-il avant de se lancer dans une improvisation. Je suis ravi de parler de moi, pour une fois. Mes parents ont détruit mon dossier d'adoption. Ils disaient qu'ils m'avaient trouvé sur la Seine dans une bassine en bois. Enfant, je me suis promis de mener une vraie enquête quand j'en aurais les moyens. En grandissant, j'en ai perdu l'envie, je n'en éprouve plus le besoin. Je vis très bien avec ce mystère qui est moi-même. Ne pas connaître les visages, les corps, les vies qui m'ont engendré me préserve de tourments inutiles. Imaginez que je découvre que mon père était un escroc, un bandit ou un aristocrate égoïste et ma mère une pute, une femme de chambre ou une bourgeoise ayant refait sa vie ? Pour les gens normaux, les parents sont un miroir. Si leurs parents sont hystériques, méchants, obsédés sexuels, leur vie durant ils devront se battre contre l'angoisse de ressembler à leurs géniteurs. Parfois, à force de lutter, ils succombent encore plus vite. Moi, je suis libre de mon corps et de mon sang. Je suis mon propre créateur. Je ne me regarde pas à travers mes parents. C'est plutôt une chance.

Jonathan est ému par son éloquence. Obsédé par la déchéance de son père, hanté par la maladie de sa mère, un jour peut-être, il parviendra à ressembler au rôle qu'il incarne : un homme sain et courageux qui ne se méprise pas.

– Mon amie a grandi dans un orphelinat, dit Ayamei. Elle a du mal à s'intégrer dans la société. Vous ne pensez pas que cette liberté est aussi un emprisonnement ? Elle ne peut ni donner ni recevoir. Elle a mon âge et n'a jamais connu une histoire d'amour.

Parle-t-elle d'elle-même ? se demande Jonathan qui sait que les parents d'Ayamei sont morts et qu'elle est célibataire. Il cherche à lever son doute :

– Ah, l'amour, vaste sujet, une vie ne suffit pas à l'explorer ! Vit-elle à Paris, votre amie ? Vous savez, entre des gens tels que nous, il est utile de se rencontrer et d'échanger ses histoires. Nous pouvons nous donner mutuellement un coup de main.

– Malheureusement, elle est en Chine.

– Et vous ? Vous avez sûrement vécu de belles histoires d'amour. Avez-vous quelqu'un dans votre vie ?

– Je n'ai personne. Et vous ?

– Célibataire, comme vous ! J'ai failli me marier il y a quatre ans, mais elle m'a quitté, laissant de bonnes photos dans l'album de ma mémoire. Depuis, je navigue, à la recherche d'un nouveau continent... Encore du thé ? Alors, maintenant, vous qui connaissez tout de moi, puis-je vous poser des questions ?

– ... Allez-y.

– D'où venez-vous ?

– Pékin, je vous l'ai déjà dit. Vous ne vous en souvenez plus ?

– Bien sûr, je m'en souviens. Que font vos parents ?
– C'étaient des universitaires.
– Aujourd'hui à la retraite, j'imagine.
– ... Oui, en quelque sorte.
– Vous avez des frères et des sœurs ?
– Fille unique.
– Quand êtes-vous retournée en Chine la dernière fois ?

Elle ne répond plus. Elle lui retourne sa question :
– Quand êtes-vous allé en Chine pour la première fois ?
– L'été 1992. Ma première ville chinoise fut Pékin, répond Jonathan par lassitude.

Elle ne veut pas parler d'elle ? D'accord, il va parler de lui si cela lui fait plaisir. De toute façon, il n'a qu'un but : la séduire.

– ... Il faisait très chaud et il y avait plein de monde dans les rues. Les uns jouaient aux échecs sous les réverbères, les autres, allongés sur des nattes en bambou, se racontaient des histoires en agitant leurs éventails en palmes. Les enfants jouaient, les bicyclettes passaient, les marchands ambulants m'interpellaient pour me vendre des pastèques, des pêches, des prunes, des sauterelles chantantes enfermées dans de minuscules cages tressées...

Quand Jonathan affabule, il regrette toujours de n'avoir pas choisi le métier d'écrivain. Pourtant ils partagent la même technique : broderies de l'imaginaire sur une toile de vérité.

– Je me laissais bercer par la musique de votre langue. Je me souviens d'avoir regardé les fenêtres illuminées des immeubles en me demandant quelle était la vie de ces hommes derrière les vitres. Que pensaient-ils à cet instant précis ? Comment se disaient-ils des mots d'amour ? Que faisaient ces enfants après l'école ? Quels étaient leurs rêves ?

Enfin elle est conquise par la poésie. Elle s'ouvre à lui.

– Quand je suis venue à Paris en 1991, moi aussi je me suis promenée dans la rue et j'ai regardé les fenêtres illuminées. C'était la veille de Noël, les guirlandes remplissaient les rues. L'avenue des Champs-Elysées était transformée en un fleuve de scintillements. A la vitrine du Bon Marché, les automates dansaient sous une neige artificielle. Je venais d'un pays communiste aux avenues sombres et nues. J'ai connu des villages sans électricité, des bourgades recouvertes de miasmes de charbon, des écoles où il n'y avait ni tables ni chaises. Je n'avais jamais imaginé un tel étalage de richesses. Je venais de découvrir la vie parisienne : abondance, gaspillage, insolence et insouciance. J'étais naïve à cette époque. J'ai pensé que les Français étaient heureux, qu'ils avaient le devoir d'être heureux.

– Hélas, ils ne le sont pas.

– Je l'ai compris la première fois que je suis descendue dans un métro : tous ces visages fatigués, crispés, haineux...

Décidément, elle ne lui cède rien en talent de conteuse. Jonathan est stimulé par cette compétition littéraire.

– J'ai eu plus de chance que vous. Quand je suis allé en Chine en 1992, je gardais encore les images de Tianan men. Je m'apprêtais à rencontrer un peuple opprimé et malheureux, j'ai découvert une ville qui

37

bouillonnait, des habitants affairés qui savaient cultiver les petits bonheurs quotidiens : l'élevage du poisson rouge, le combat de grillons, le jeu de cerf-volant, les arts martiaux à l'aurore, les promenades le soir.

Malgré son élan, il n'a pas oublié de la mettre sur la piste Tianan men. Elle poursuit la conversation sans perdre sa vigilance.

– C'était il y a douze ans. Maintenant, les chantiers sont achevés, Pékin est transformé. Ce n'est plus la même ville. Il n'y a plus de petites rues, plus de marchands ambulants de sauterelles et grillons. La prochaine fois que vous ferez le voyage, vous verrez : il n'y a plus d'étoiles dans le ciel.

C'est le moment de la brusquer. Avec son air d'Américain naïf, il lui lance :

– Vous retournez chez vous tous les ans ?

Silence. Content de son effet, il insiste :

– Vous irez en Chine cet été ?

Silence. Jonathan jubile.

– Vos parents ne vous manquent pas ?

Tout à coup, elle lui sourit.

– Je peux avoir encore une tasse de thé ? Il est bon, votre Puits du Dragon. L'avez-vous acheté à Hong Kong ?

Elle résiste vaillamment. Un dernier geste de défense.

– Parlez-vous chinois ? lui demande-t-elle.

– Non, répond-il avec fermeté.

– J'irais volontiers avec vous en Chine, ajoute-t-il.

– Peut-être.

Elle se lève.

– Vous partez déjà ?

– J'ai un second cours à dix heures. Je dois y aller. Merci pour le petit déjeuner.

– Pardonnez-moi si je vous ai posé des questions indiscrètes.

Elle se dirige vers la porte. Il la poursuit.

– Vraiment, vous ne ressemblez à aucune des femmes que j'ai connues.

Elle prend son épée et ouvre la porte.

Jonathan est furieux. Il ne s'est jamais senti aussi ridicule.

– Merci d'être venue !

Elle fait un pas vers l'ascenseur et se retourne.

– Mes parents sont morts. Je n'ai pas remis un pied sur le sol chinois depuis quinze ans.

Il joue l'idiot.

– Pourquoi ?

– Vous viendrez chez moi, vous verrez mon Luxembourg.

La porte se referme.

Jonathan se renverse sur le canapé. L'honneur est sauf.

Le train roule, gronde, siffle. Jonathan grimpe dans la couchette et tire la couverture jusqu'au menton. A la lueur de la liseuse, il voit Ayamei qui, de l'étage supérieur, lui souhaite une bonne nuit. Il attrape son poignet et la tire vers lui. Sans résistance, elle se laisse extraire de sa couchette et tombe dans ses bras. Il l'enlace de peur qu'elle ne lui échappe. Curieusement, elle ne se débat pas. Il introduit ses mains prudemment sous la chemise de nuit et il a l'agréable surprise de saisir une paire de seins fermes et tendres. Il la dépouille de son vêtement. Ses mains tâtonnent et il constate avec satisfaction qu'elle possède un corps de femme bien modelé. Il s'enflamme. Il dévore son cou, son menton, ses lèvres, ses yeux. Ses doigts la pétrissent. Il se glisse sur elle. Ses genoux écartent ses cuisses. Sa poitrine d'homme écrase ses épaules de femme et son sexe la pénètre. C'est alors qu'il découvre l'anomalie. Pas un soupir, pas un gémissement. Elle se laisse faire sans réagir. Son corps chaud dégage un air glacial. Jonathan est couvert de sueur. Il s'acharne à la faire réagir, à l'émouvoir, à la faire vibrer. Elle demeure insensible. Pas un muscle ne frémit, pas un battement de cœur affolé, pas un geste lascif.

Pourquoi s'est-elle offerte à lui ? Pourquoi vouloir lui révéler sa frigidité alors qu'elle pouvait continuer à le séduire sans se trahir ? Elle se donne pour se refuser à lui. Encore un coup tordu ? Maintenant il connaît son secret, il est lié à elle. Involontairement, il vient de signer avec elle un pacte de silence. Pour ne pas être ridicule, pour préserver l'honneur d'une jeune femme qui lui a fait confiance, il est désormais obligé de vivre lui aussi dans cette séquestration glacée.

Le train roule, gronde. Quelque part, dans la nuit, la longue plainte d'une sirène. Où va ce train ? Où vont-ils ?

Jonathan se réveille en sursaut.

Dans la cuisine, l'aiguille de l'horloge tressaille puis se déplace.

Au siège de la société, les jours défilent sur le calendrier mural du hall.

Jonathan court tous les matins au Luxembourg. Quatre tours. Quatre fois il l'encercle, mais elle l'ignore, ne le salue pas. Le week-end passe. Il a vu de loin que le jeune Chinois lui a rendu son livre, qu'elle lui en a donné un autre. Pas une seule fois ils ne se sont croisés au pied de l'immeuble.

Au bureau, Jonathan traîne avec mollesse. Il sait que pour prospérer dans une entreprise française, il ne faut pas montrer sa compétence mais sa suffisance. Les Français détestent les puissants mais adorent secourir les faibles et les démunis. A force de se montrer moins intelligent que le collègue d'en face, Jonathan obtient paix et approbation. Appliqué, honnête, lent et sans ambition, il s'entend avec tous. Déjà, la direction le veut comme troisième homme et va lui attribuer la promotion pour laquelle se battent depuis des mois deux ingénieurs.

Au déjeuner, muni de ses tickets restaurant, Jonathan nage dans la fumée des cigares et des cigarettes et s'endort dans le brouhaha des conversations tout en gardant les yeux ouverts. Ses collègues, fiers d'être des enfants de Descartes, Rousseau, Voltaire, Sartre, font entendre leur opinion. En une heure, ils refont le monde : les otages, le clonage, le mariage homosexuel, la Sécurité sociale, l'élection présidentielle, la Constitution européenne, le plombier polonais, le péril chinois et les vacances.

Le rôle finit par se confondre avec la réalité. L'incarnation a pris racine dans son ventre. Tel le myope qui oublie les lunettes posées sur son nez, Jonathan ne s'observe plus distribuant ses sourires béats, ses paroles mal articulées, ses gentillesses benoîtes. L'automatisme est en route. Il entend sans écouter, égrène les répliques en pensant à une autre histoire. Il s'exile tout en restant là. Il s'absente pendant qu'il joue.

Le soir, retour place Edmond Rostand. A la sortie du RER B, il lève la tête et contemple la façade du 21. Les fenêtres d'Ayamei sont allumées. A quoi pense-t-elle ? Que fait-elle ? L'énergie happée par le métro lui revient. La torpeur s'estompe. Il se réveille.

La clé tourne dans le trou de la serrure. Derrière les vitres, le jardin du Luxembourg est une jungle envahie par les ténèbres.

L'attente n'est jamais ennuyeuse.

L'attente fait la volupté des joueurs.

Le passe-partout s'enfonce. Jonathan se laisse guider par l'intelligence de ses doigts gantés. Chaque serrure est un labyrinthe miniature, le cerveau d'un philosophe, le sexe d'une femme.

La porte s'ouvre. Il la referme délicatement derrière lui. Il traverse un couloir et atteint le salon. Un coup d'œil discret par la fenêtre. Au Luxembourg, Ayamei enseigne toujours. Il se retourne et examine l'appartement : trois anciennes chambres de bonne réunies en studio.

Un samedi matin, à huit heures et quart, l'occupante a déjà mis de l'ordre avant de quitter les lieux. Des journaux, des lettres, des factures sont alignés sur un petit bureau. Une étagère couvre un mur. Une centaine de livres chinois, français, anglais, classés d'après la langue et le genre, placés selon leur hauteur, ressemblent à autant de lignes de soldats au garde-à-vous. Dans la salle de bain, une seule brosse à dents. Autour du lavabo, la surface est immaculée. Les gouttes d'eau ont été essuyées. Les crèmes, les produits de maquillage sont dans les tiroirs, triés selon utilité et volume. Les serviettes blanches et mouillées sont étalées sur une barre chromée et retombent impeccablement.

L'œil professionnel de Jonathan remarque que les seuls désordres sont les bulles sur un savon encore humide et une tache blanche de dentifrice sur le robinet.

Il tourne la porte. Une petite robe en soie comme on en trouve facilement au Magasin de l'Amitié à Pékin est pendue à un crochet. Des plis fraîchement marqués. Il y plonge son nez. Une odeur de femme lui fait oublier le choc provoqué par la vue de cet appartement aux murs blancs, sans bibelots, sans fleurs, sans rideaux, n'ayant comme décoration qu'un ciel, océan immense où flottent les toits de Paris. Il enveloppe son visage de ce carré de soie et aspire. Cette odeur n'évoque en rien la Chine qu'il a connue. Ce n'est ni le parfum du santal, du jasmin et du musc blanc de la féminité traditionnelle, ce n'est pas non plus le *N° 5*, l'*Angel*, l'*Eternity*, déguisement des Chinoises modernes. Elle n'évoque ni les villes en expansion économique, ni les campagnes poussiéreuses et dépeuplées. C'est un simple parfum de peau, retenu et personnel.

Retour à la partie salon. Un nouveau coup d'œil sur le Luxembourg. Elle y est toujours. Une rapide inspection des divers tiroirs du bureau : l'ordre y règne là encore. Les papiers, les enveloppes, les timbres, les stylos, les gommes, les trombones, les agrafes, les élastiques sont couchés dans des cassettes de rangement. Les dossiers concernant son association, les factures de loyer, d'électricité, de gaz, les relevés bancaires, les déclarations d'assurances et de soins, les feuilles d'impôts sont enveloppés de chemises de couleur, annotés et classés par ordre chronologique. Dans les deux tiroirs du bas, il découvre des liasses de clichés.

Il remarque qu'à aucun moment elle n'a été photographiée dans les bras d'un homme.

La cuisine présente une propreté inquiétante. Pas de gras, pas de trace de fumée, de saletés caractéristiques de la cuisine chinoise qui fait sauter la viande et les légumes dans l'huile bouillante. Le couloir donne de l'autre côté sur la salle de bain. Une paire de pantoufles indique la présence d'un dressing. Les unes après les autres, les portes coulissantes s'écartent. Le noir est la couleur dominante. Les manteaux, les vestes, les robes sont pendus sur les tringles ; les pulls, les chemisiers, les culottes, les soutiens-gorge sont pliés. Les serviettes, les tapis de bain, les draps, tout est blanc. Les chaussures sont rangées dans leur boîte avec la description de chaque paire en chinois.

Tirant la dernière porte, il détecte enfin l'anomalie : des cartons dans lesquels s'accumulent des monticules de papiers mal découpés ou simplement arrachés des magazines : coupures de presse en français, en anglais, en chinois ; notes de conférences ; lettres venues du monde entier ; photos encore, prises à Paris, à Washington, à Rome, avec des Chinois et des Occidentaux visiblement militants des Droits de l'homme. Les journaux ont jauni, les feuilles de magazine sont froissées, les fax sont à moitié effacés. Pourquoi l'esprit ordonné de la dissidente a-t-il sciemment commis cette négligence ?

Il consulte sa montre. Neuf heures moins cinq. Un coup d'œil à la fenêtre et il se dirige vers la porte. Après avoir vérifié que personne ne circule dans l'immeuble, il dévale les escaliers à pas feutrés.

Il s'affale sur son canapé. Le Luxembourg souffle sur lui la beauté d'un jardin fait d'enchevêtrements, de désordres, de flâneurs. Ils réchauffent ses yeux encore imprégnés de visions glaciales. D'où vient cette obsession maladive ? Le rangement, la propreté rassurent ; on se sent en sécurité, à l'abri du chaos du monde extérieur. Le nettoyage est symbole de purification. Déjà dépouillée de famille, de biens, de racines, que veut-elle encore décaper ? Ou ces rangements maniaques expriment-ils une volonté de construire un avenir sur un présent dompté, maîtrisé, mis en ordre ? Sans profession, sans histoire d'amour, elle demeure la Chinoise de Tianan men. Ici, sa vie est transitoire, la longue attente d'un éventuel retour. La levée de la sanction ne dépend pas d'elle, elle est à la merci d'un gouvernement, de politiques qu'elle n'a jamais rencontrés. Comment interpréter le désordre des dossiers Tianan men entassés dans des cartons ? Est-ce l'envie de fermer les yeux sur le passé ? Or, jusqu'à présent, seul ce passé lui donne une identité. Le monde entier connaît l'Ayamei de Tianan men, personne ne connaît Ayamei en tant que femme qui a possédé une histoire. Petite fille, était-elle gaie ou boudeuse ? A treize ans, a-t-elle traversé la crise de l'adolescence ? Qui étaient ses amies ? Quelle est l'histoire de son premier amour ? Que faisait-elle après avoir fini ses devoirs scolaires : lire, dessiner, rêver en regardant les nuages ? Elle s'est moquée de Jonathan, l'homme aux multiples identités qui ne s'autorise guère à conserver des souvenirs personnels. En réalité, elle se trouve dans la même situation : de sa Chine natale, elle n'a rien emporté sinon cette étiquette d'héroïne.

Les hommes sont indifférents aux hommes, pense Jonathan avec mélancolie. Combien, comme lui, prennent le temps d'explorer les autres ?

Un bruissement se fait entendre à l'entrée. Jonathan sursaute et s'élance. Une enveloppe vient d'être glissée sous sa porte. Il regarde à travers le judas. L'ascenseur se ferme et son bouton clignote.

Il ouvre la lettre. Une écriture forte et masculine lui saute aux yeux :

« *Vous souvenez-vous de mon invitation ? Etes-vous libre pour prendre un verre chez moi ? A dix-huit heures.*

Ayamei. »

La sonnerie résonne.

Quelqu'un marche à grands pas. Le plancher craque sous ses pieds. Le grincement de la serrure.

– Bonjour !

– Bonsoir ! C'est pour vous, dit-il en brandissant une bouteille de champagne.

– Merci ! Entrez.

– C'est bien rangé, chez vous ! J'ai honte de vous avoir reçue chez moi, dans mon désordre.

– Vous n'avez presque pas de meubles. Vous n'avez pas besoin de rangement, dit-elle.

Jonathan reste sourd à sa provocation. Il pousse la fenêtre et sort sur le balcon.

– Quelle vue ! Vous dominez Paris. Observatoire, tour Montparnasse, Panthéon, tour Eiffel. Mais... mais il n'y a qu'un défaut : votre Luxembourg paraît plus petit.

Insensible à son humour, elle dit :

– Quand j'étais petite et que j'étais triste, je grimpais jusqu'au sommet d'un grand arbre. J'y restais des heures. Je comptais les nuages, regardais les oiseaux et écoutais le vent. Ici, j'éprouve le même sentiment qu'autrefois : le monde est en bas, il va disparaître. Je suis dans le ciel.

– Nous sommes dans le ciel, ajoute Jonathan.

Elle le fixe un instant.

– Allons prendre un verre, dit-elle. Trinquons à cette vérité dans ce monde de mensonge. Vous et moi, nous sommes dans le ciel.

Le bouchon de champagne saute. Elle remplit une coupe et la tend à Jonathan. Il la repousse.

– Non, merci, je ne bois jamais. C'était pour vous.
– Je ne bois pas non plus.
– Pourquoi ?
– Allergique à l'alcool.

Ils se regardent et éclatent de rire.

– Vous pratiquez les arts martiaux, vous ne buvez pas, vous ne fumez pas, vous êtes ordonnée et disciplinée, vous avez de très bonnes dispositions, prononce-t-il.

– Dispositions pour quoi ?

– Je fréquente une école de spiritualité et je connais un exercice qui transforme les souvenirs douloureux en énergie positive. Prenons un exemple. Mes parents adoptifs sont décédés en même temps dans un accident de voiture, j'ai très mal vécu ma deuxième expérience d'orphelin. Grâce à cette méthode, j'ai transformé cette douleur en force. Extraordinaire, non ? Si cela vous intéresse, je pourrai vous en parler un jour plus en détail. Pour commencer, il ne faut ni boire ni fumer.

– Bien sûr, cela m'intéresse, s'écrie-t-elle.

Puis, comme si elle avait peur de se trahir, elle corrige :

– Je suis curieuse de tout.

– Vous avez souffert, je lis cette douleur dans vos yeux, dit doucement Jonathan. Il n'y a pas de honte à cela. Les souffrances sont des épreuves qui nous font grandir. Tous les héros de l'Antiquité ont traversé des épreuves abominables. Un homme comme Jésus est monté sur une croix pour accomplir son destin. Mais sa souffrance est heureuse, faite d'énergie positive. Vous m'offrez un verre d'eau ?

– Absolument, un verre d'eau pour chacun.

Jonathan s'installe sur un divan chinois et Ayamei s'assoit face à lui, dans un fauteuil de bambou. Elle porte un pull noir aux manches courtes et sa jupe, vagues et reflets d'encre, se répand jusqu'à ses chevilles, dévoilant le bout de ses chaussures vernies bleu acier.

Sans transition, il reprend là où leur conversation précédente s'était interrompue.

– Vous n'avez plus vos parents, pourquoi ne pouvez-vous plus rentrer en Chine ?

– Vous avez peur de vous attacher, moi j'ai peur de me livrer. Raconter sa vie, c'est...

– S'affaiblir !

– Se mettre à nu.

Le sourire courtois disparaît du visage d'Ayamei. Elle pose sur l'invité son regard glacé.

– Qui êtes-vous ?

Jonathan répond sans se presser :

– Je me permets de vous retourner cette question. C'est vous qui me devez un « qui êtes-vous ? » J'aimerais que vous m'expliquiez le mystère de votre visage. Lorsque je regarde votre profil gauche, j'y trouve de la mélancolie. Quand je regarde votre profil droit, j'y trouve de l'exaltation. Vous n'êtes pas une femme ordinaire. Qui êtes-vous ?

– Qu'attendez-vous de moi ?

– Vous connaître et vous aider si vous en avez besoin. Disons, être un bon voisin.

– Avez-vous pensé que la connaissance n'est jamais gratuite et que la générosité peut être payante ?

– Quel est votre tarif ?

– Quelle est votre mise ?

– Mon temps, ma confiance.

– Avec cela, vous jouez à quoi ?

– Je ne joue pas à cache-cache. Vous êtes une jolie femme. Vous êtes intelligente. Vous êtes chinoise. Je m'intéresse à vous.

– Vous voulez me séduire.

– Vous m'avez séduit.

Elle détourne les yeux.

– Pas de regret ?

– Je suis prêt.

Jonathan observe toujours les mains de ses interlocuteurs. En jouant avec une cigarette, un verre, une fourchette, l'anse d'un sac, la tige d'une fleur, en tapotant sur une cuisse ou en grattant le fond d'une poche de pantalon, les mains parlent. Il est surpris par Ayamei qui a posé les siennes sur les accoudoirs. Pendant qu'elle s'exprime, toutes deux demeurent totalement immobiles.

Soudain elle bondit de son fauteuil et réapparaît avec un carton dans les bras.

– Ma vie est là-dedans. Vous pouvez ouvrir.

– C'est donc ça, la boîte de Pandore ?

Jonathan déplie les journaux qu'il a déjà feuilletés et fait mine de se plonger dans leur lecture. Après avoir laissé passer un moment à tourner les pages, il s'écrie avec une émotion feinte :

– Vous êtes l'Ayamei de la révolte étudiante ! C'est pourquoi vous ne pouvez pas rentrer en Chine ?

– Oui, je suis Ayamei.

Il pointe sur la page d'un magazine la photo de la jeune militante assise sur le perron de la stèle commémorative au centre de la place Tianan men, une cigarette dans une main et un parapluie dans l'autre.

– Je m'en souviens comme si c'était hier. En 1989, cette photo m'a foudroyé. J'étais tombé amoureux de la rebelle. Ayamei, c'est vraiment vous ?

Sans attendre sa réponse, il enchaîne :

– Cela explique pourquoi, dès que je vous ai vue, j'ai trouvé votre visage familier et j'ai eu envie de vous connaître. Ayamei, je vous ai enfin rencontrée !

Il balbutie :

– Vous êtes une femme qui a changé l'Histoire contemporaine. Je ne suis qu'un homme ordinaire, un ingénieur en informatique. Maintenant, je ne sais plus comment vous parler.

– Commençons par nous tutoyer, qu'en penses-tu ?

Jonathan s'essouffle intérieurement. Cette femme est un coffre-fort mais il vient de trouver la combinaison. Cela suffit pour aujourd'hui ! Il ne lui reste plus qu'à jouer le rôle d'un informaticien intimidé et fasciné. Les répliques préparées à l'avance pleuvent : à cette époque, il n'avait que vingt-quatre ans et travaillait pour une société américaine à Singapour. Pour les étudiants de Tianan men, il avait signé des pétitions et versé des dons. C'était la première fois qu'il vibrait pour un événement de politique internationale. Sur l'écran de la télévision, Ayamei, étudiante coiffée de deux longues nattes, lui avait révélé l'existence des êtres qui refusent la corruption du monde matérialiste. Comme tous les expatriés, le week-end il sortait en boîte pour se saouler et ramener des filles dans son lit. Mais les visages des jeunes Chinois en grève de la faim étaient restés imprégnés dans son esprit. Leurs corps maigres, leur regard extatique lui avaient donné le dégoût du regard vide des Asiatiques perchées sur leurs hauts talons et celui des Occidentaux aux rires obscènes. Il avait compris que l'argent, le pouvoir et le plaisir conduisent les hommes vers le néant, que la vie peut avoir d'autres valeurs que celles enseignées dans les universités américaines : réussir, posséder et consommer. Puis, un soir, à la télévision : les troupes, les chars, les tirs...

Jonathan se tait. Ayamei rompt le silence. Elle lui pose des questions. Il joue l'homme qui retrouve peu à peu sa confiance devant la femme de son rêve. Les yeux fixant un passé fictif, il raconte une enfance à San Francisco, dans une grande maison dominant la baie, avec des parents qui l'ont forcé à apprendre le français. Ils se tuent dans un accident de voiture lorsqu'il a quinze ans. Leur succession fait l'objet d'un long procès. Frères et sœurs deviennent ennemis. On tente de le déshériter en soulevant des irrégularités dans la procédure de son adoption. Il poursuit ses études au MIT et, à partir de cette époque, revient chaque été en France. Après avoir travaillé dix-huit mois dans la Silicon Valley, il quitte les Etats-Unis. Malaisie, Singapour, Hong Kong, il glisse vers l'inconnu, vers des horizons toujours plus lointains.

Estimant qu'il a suffisamment menti, il l'interroge à son tour :

– Quand as-tu perdu tes parents ?

– Mon père a eu une attaque cardiaque le jour où l'armée est venue perquisitionner la maison. Deux ans plus tard, ma mère a été renversée par une voiture. J'ai appris la nouvelle de leur décès quand j'ai réussi à atteindre Hong Kong, à l'été 1991.

– Je comprends maintenant pourquoi tu n'aimes pas en parler. Excuse-moi.

– Ce n'est pas grave... Si, c'est grave, corrige-t-elle. C'était ma faute...

Ils se regardent comme s'ils voyaient défiler leur propre douleur sur le visage de l'autre.

– Tu regrettes Tianan men ?

– Non et oui.

– Tu souffres ?

– Parfois je me réveille au milieu de la nuit.

– Tu m'as pris pour un prétentieux ridicule quand j'ai dit que je pouvais t'aider.

Elle plonge son regard dans le sien.

– Aide-moi, veux-tu ?

Il lui lance :

– Tu te moques encore de moi.

– Non, dit-elle en secouant la tête.

Il se fait éloquent.

– Vous avez échappé à l'armée chinoise, vous saurez vous libérer de vos souvenirs. Vous êtes une femme forte. Vous n'avez besoin de personne. Pardonnez-moi, je n'arrive pas à vous tutoyer.

– Un verre d'eau ?

Il se lève.

– Je vous ai dérangée longtemps.

Elle réagit au voussoiement :

– Vous ne m'avez pas du tout dérangée. C'était un plaisir.

Il y a des distances qui rapprochent. S'abritant derrière un langage respectueux, Jonathan passe à l'assaut :

– Me permettrez-vous de vous inviter à dîner un soir ?

Elle baisse la tête.

– Quand vous voulez.

– A bientôt.

Il s'incline légèrement, à l'orientale.

La porte de l'ascenseur se referme. Jonathan consulte sa montre. Il est dix-neuf heures précises. Pas une minute de plus. Tout s'est déroulé dans le délai prévu. Il a réussi à obtenir un dîner en tête à tête sans jouer les prolongations.

Il se regarde dans le miroir et sourit.

L'ascenseur descend en gémissant vers le troisième étage.

– Quand je suis arrivée à Paris, j'ai réalisé que je n'avais jamais touché un couteau et une fourchette de ma vie ! Le premier soir, j'étais invitée par le président de l'Assemblée nationale pour un dîner à l'hôtel de Lassay. Des toasts ont été portés pour me souhaiter la bienvenue, des discours ont été prononcés et je ne pensais qu'à une chose : il y avait plein de fourchettes près de l'assiette, avec laquelle commencer ? Heureusement, les officiels se sont jetés sur la nourriture et j'ai pu les imiter.

– Imagine mon ridicule la première fois qu'on m'a mis une paire de baguettes entre les mains. Quand j'ai à peu près compris comment les utiliser, je me suis attaqué à une tête-de-lion, une de ces énormes boulettes de viande, en pensant que c'était facile. Elle est tombée sur la table, a roulé et s'est écrasée sur la jupe de ma voisine de table, une officielle venue pour discuter le contrat...

Ils éclatent de rire.

Ils sont interrompus par l'arrivée du maître d'hôtel en habit.

– Bonsoir, madame, bonsoir, monsieur, avez-vous choisi ?

– S'il vous plaît, pouvez-vous m'expliquer ce qu'est « La neige du printemps précoce » ?

– C'est une salade de légumes de saison choisis par le chef, cuits à point dans un bouillon de volaille, servis avec une sauce à la coriandre et un foie gras enveloppé dans une feuille de chou chinois cuit à la vapeur.

– Et « La nuit parfumée du printemps » ?

– Un magret de canard parfumé à l'anis servi avec une sauce de litchis, recouvert de litchis et d'une gelée de mangue.

– Bon, je prends les légumes de saison. Et toi, Jonathan ?

– Le canard.

– Le sommelier vient vous voir tout de suite.

– Non, merci, nous ne buvons pas. Une bouteille d'eau, s'il vous plaît.

– Plate ou pétillante ?

– Pétillante, ça te va ?

– Très bien.

– Merci. Je vous souhaite une excellente soirée.

Jonathan attend que le maître d'hôtel s'éloigne pour saisir la main d'Ayamei. Elle esquisse le geste de la retirer. Il la retient fermement.

– Tu aimes cet endroit ?

– Oui.

– Tu y es déjà venue ?

– Jamais.

– Pourtant les étrangers adorent venir ici.

– Je ne suis pas une touriste. Je suis une passante.

La main d'Ayamei est petite, lisse et froide. Elle se blottit dans la large main de Jonathan aux doigts puissants. Il prend sa voix la plus profonde :

– Maintenant tu es dans le ciel et Paris est en bas, loin de nous. Paris n'est plus que scintillements. Comment te sens-tu ?

– J'ai le vertige.

Il la regarde longuement.

– Moi aussi.

Un serveur surgit.

– Voici une soupe de potiron sur une lamelle de truffe noire, pour la mise en bouche. Je vous souhaite un bon appétit.

Elle retire sa main et saisit la cuillère. Il la laisse finir sa soupe avant de lui demander :

– Pourquoi Tianan men ?

Il n'obtient pas de réponse et change de position d'attaque.

– Les journalistes ont dû te poser mille fois la même question. Tu dois être fatiguée de répondre.

Elle secoue la tête.

– Contrairement à ce que tu penses, aucun journaliste ne m'a jamais posé cette question. Pour eux, c'était un fait accompli, un voyage sans retour.

Son regard se porte au-dessus de Jonathan. Elle fixe quelques instants un monde lointain et invisible.

– Il m'est arrivé de me demander : pourquoi moi ? Pourquoi cette étudiante parmi sept cents millions de Chinoises ? Pourquoi la Chine m'a-t-elle choisie pour porter sa tragédie ?

Jonathan la regarde avec tendresse et admiration.

– C'était il y a quinze ans, prononce-t-elle. Quinze ans, presque la moitié de ma vie. C'est aussi une page trop vite tournée. Je revois encore ce printemps précoce, la lumière chaude sur le campus, les reflets sur le lac d'Anonyme au milieu duquel se reflète une pagode. Il y avait une odeur de terre mouillée et de feuilles vertes. Mes cheveux courts avaient poussé et je m'habituais peu à peu à cette image féminine sur laquelle les jeunes hommes se retournaient. Le soir, quand l'obscurité envahissait le campus, autour du lac il n'y avait que des couples qui s'embrassaient. C'était la mode, trouver quelqu'un qui vous attendait sous un arbre, qui pédalait sur une bicyclette alors que vous étiez assise sur son porte-bagages. C'était la mode de remplir sa vie d'une présence.

Elle sourit, mélancolique.

– Je me revois encore, mince, volubile, énergique. J'avais un élan inépuisable pour toute chose, courant d'un cours à une conférence, d'un débat à un match de badminton, d'une lecture de poésie à un concert de chants tibétains. Je fréquentais des étudiants des différentes facultés. Les idées nouvelles soufflaient sur Pékin. Les livres censurés, les revues politiques venus de Hong Kong circulaient en secret. La police faisait irruption dans les concerts de rock clandestins, fermait les expositions de peinture jugées dégradantes, mais les interdits étaient devenus un formidable excitant pour la création. Après dix années de Révolution culturelle, nous avions enfin l'impression d'entrer dans un cycle positif. Quoi qu'il nous arrivât, toutes les contrariétés, toutes les oppressions apportaient de l'énergie et de l'inspiration.

Costume blanc, cravate noire, deux serveurs se détachent de la pénombre.

– C'est pour vous, madame, « La neige du printemps précoce » ?

– Oui.

Le second dépose son plat devant Jonathan. Ils échangent un clin d'œil et retirent en même temps les couvre-assiettes argentés.

Ils s'inclinent légèrement.

– Bon appétit !

– Merci.

Ayamei se tient droite sur son siège. Elle manie le couteau et la fourchette avec grâce. Ses traits sont tendus. Son calme apparent dissimule une agitation intérieure. Elle mâche lentement. Il lui demande doucement :

– C'est bon ?

– Très bon.

Elle lève la tête et lui sourit.

Un instant, il pense qu'elle pourrait mentir pour mieux enfermer les secrets de sa vie dans le coffre de sa mémoire. Il s'en veut aussitôt de cette suspicion qui survient même lorsqu'une opération se déroule sans incident. Est-elle vraiment séduite ou fait-elle semblant ? Pourquoi, pour la première fois, suit-elle le cheminement de la conversation qu'il a programmé ? Est-ce une ruse ? Quel est son objectif ?

La voix d'Ayamei reprend :

– ... notre université était, depuis sa création au début du siècle dernier, un laboratoire d'opinions. La perestroïka nous avait démontré la possibilité d'assouplir un régime communiste. Dans les dîners où les étudiants et les professeurs refaisaient le monde, nous critiquions la corruption et évoquions des pressions menées par la vieille garde de l'armée Rouge sur les réformateurs du Comité central. Nous ne parlions pas de renverser le régime mais de l'améliorer, de le moderniser. Personne ne pensait que, quelques mois plus tard, nous serions à la tête de manifestations qui rassembleraient plus d'un million de personnes. La politique n'était pas ma passion. A la faculté de droit, j'apprenais le code pénal sans enthousiasme. Quelques étudiants s'étaient intéressés à moi. J'avais refusé toutes les sollicitations. Des rumeurs couraient sur le campus, on m'inventa une liaison avec un écrivain, puis avec un professeur de lettres. Le printemps était arrivé trop tôt, son soleil se moquait de mon silence. J'étais préoccupée par un changement à l'intérieur de moi. Je voyais grandir mes désirs de femme avec horreur. Cependant, je n'avais encore jamais rencontré un visage, une voix, une pensée capable de me libérer de Min, un ami perdu à l'âge de quatorze ans. Une ardeur inconnue brûlait dans mon ventre mais mon cœur était glacé. J'étais prise dans ce combat entre le feu et la glace. Me fuyant moi-même, je participais aux débats, aux colloques, aux réunions secrètes. Soudain, la crise a éclaté. Le secrétaire général du PC chinois Hu Yaobang, écarté du pouvoir, est mort brutalement. La célébration de ce décès a été le déclic. Au mur, des lettres ouvertes accusaient certains dirigeants d'être responsables de cette disparition précoce. Les étudiants de plusieurs universités sont descendus dans la rue. Le premier conflit avec les policiers a eu lieu. En un mois, nous nous sommes engagés dans une escalade de violence qui a abouti à la grève de la faim de milliers d'étudiants...

– Avez-vous fini, madame ?
– Oui. Je vous en prie.

Dès que le serveur s'éloigne, Jonathan reprend la main d'Ayamei.

– Tu es très belle ce soir, glisse-t-il.

Elle la retire et saisit son verre.

– Merci, dit-elle avant de boire une gorgée d'eau.

A la lumière des bougies, sa longue chevelure est une magnifique parure. Sa robe de satin noir ondule au niveau de ses seins chaque fois qu'elle bouge ses bras. Jonathan se met à rêver d'Ayamei nue quand deux silhouettes longilignes font une nouvelle intrusion.

Les serveurs déposent les plats et se retirent.

Jonathan trouve que sa « Folle chevauchée sous la lune », le filet de bœuf baigné dans une sauce crémeuse où flottent des copeaux de truffe noire et des champignons jaunes de Mandchourie, est moins remuante que le nom ne l'indique. La viande est trop cuite, alors que la raie couchée dans l'assiette d'Ayamei, accompagnée de caviar et d'une sauce à la menthe, paraît plus appétissante.

– C'est bon ? lui demande-t-il.

– Délicieux.

Jonathan est ravi. Un gourmet français aurait trouvé cette nouvelle cuisine trop alambiquée. Heureusement Ayamei est chinoise. Elle doit être éblouie par ce restaurant somptueux perché au sommet de la tour Eiffel. C'est dommage qu'elle ait choisi sur une carte destinée aux invités où les prix ne figurent pas. Leur montant lui aurait davantage fait tourner la tête.

Voyant la raie se réduire, Jonathan relance la conversation :

– Pourquoi n'as-tu pas écrit un livre sur Tianan men ?

– Je n'ai pas le snobisme de l'écriture. C'est la mode, depuis quelques années, d'être exhibitionniste ou voyeur. Je ne peux pas dire la vérité et je ne veux pas mentir. Beaucoup de choses sont impossibles à transmettre : les conflits de pouvoir, l'argent des aides internationales volatilisé, la compétition dans la médiatisation. Je ne peux ni pointer du doigt les gens qui m'ont dégoûtée ni faire l'éloge de ceux qui m'ont aidée. Je ne peux pas parler. Ce serait dangereux pour ceux qui sont restés au pays.

– Au moins pour expliquer pourquoi tu as eu ce courage exceptionnel. Tu étais étudiante dans la meilleure université de Chine et destinée à un avenir brillant. Tu as renoncé à ta carrière, à ton bonheur personnel. Tu n'as pas eu peur ? Tu n'as jamais hésité ?

– Pourquoi suis-je restée alors que beaucoup se sont retirés en cours de route, cédant aux pressions du gouvernement ? Tout simplement parce que je n'avais personne pour me retenir. A mes parents, je ne pardonnais pas encore d'avoir gâché mon adolescence. Je n'avais pas d'amant auprès de qui je me serais engagée à ne pas mourir. J'étais seule, libre, avec ma colère et mes regrets. Dans la foule des manifestants, je ne ressentais plus la douleur qui me poursuivait depuis le suicide de Min. Je me sentais bien. Min aurait été content de voir que je ne lui avais pas survécu pour rien. Je participais à l'avènement d'un nouveau monde. Tandis que les autres reculaient et se cachaient dans la foule, j'ai pris le mégaphone, je suis montée sur le porte-bagages d'une bicyclette et j'ai fait mon premier discours. Cela n'avait rien d'extraordinaire.

– Le destin choisit les hommes dont le désir personnel répond à celui de tout un pays.

– Peut-être...

Le regard d'Ayamei retourne vers ce Pékin agité de 1989.

– Mon premier discours a été applaudi ; les étudiants l'ont apprécié. Dès lors, ils m'ont poussée en avant et je suis arrivée jusqu'au centre de la place Tianan men. Plus le gouvernement nous menaçait, plus nous étions acharnés. Dans ce combat contre les politiques, nous n'avions d'autre arme que notre jeunesse. J'ai été l'un des initiateurs de la grève de la faim. Pour faire entendre nos cris par le monde entier, nous avions décidé de miser notre vie sur Tianan men.

La voix nasale et révérencieuse du maître d'hôtel résonne :

– Puis-je vous présenter le chariot de fromages ?

– Non, merci, pas pour moi. Et toi ? interroge Ayamei.

– Non plus, dit Jonathan.

– Désirez-vous lire la carte des desserts ?

– Avez-vous des sorbets ? demande Ayamei.

– Nous avons « La mille et unième nuit », un assortiment de sorbets à la rose, aux litchis, au pain d'épices, au poivre vert et au thé blanc.

– Parfait pour moi.

– Dites-moi, quels sont les composants de ces « Larmes du cerisier nain »... Ne me dites rien. Je prends le risque.

– Merci, madame. Merci, monsieur.

Jonathan s'essouffle quand le maître d'hôtel s'efface dans la pénombre. Il revient à Ayamei.

– L'armée avait encerclé la ville. Jour après jour, on nous informait du mouvement des troupes et des chars. Personne ne pensait que cela allait mal finir. Le peuple était avec nous, le monde extérieur nous soutenait. Les soldats se montraient réservés mais polis envers des étudiants aussi jeunes qu'eux. Les blindés étaient la dernière menace d'un gouvernement divisé, affaibli. Je m'étais mise à fumer des cigarettes. Je ne dormais plus. Epuisée, je faisais des sommes à même le sol. Au réveil, j'avais oublié la grève de la faim, l'armée. Pendant quelques secondes, j'étais projetée en arrière, dans cette vie étudiante simple et paisible. Le soir du 3 juin, les tirs ont éclaté. J'errais sur la place, parmi les étudiants choqués, un mégaphone à la main. Je leur ordonnais de rester calmes : rien ne pouvait nous arriver ; nous n'allions pas mourir. Le comité a négocié avec l'armée qui nous a laissés quitter la place. A nouveau, j'ai plongé dans la foule. Sous les tentes, les étudiants ont allumé des bougies. Ils chantaient et refusaient de partir. J'avais jeté depuis longtemps le mégaphone. Je n'avais plus de voix. Je ne savais plus faire de beaux discours, de belles plaidoiries. Je pleurais et me mettais à genoux. En vain. Les plus fanatiques avaient décidé de rester. Ils voulaient voir si les élus du peuple étaient déterminés à assassiner le peuple. Fuir, disaient-ils, était renoncer au combat et reconnaître que le mouvement avait échoué. Ils me souriaient et m'écartaient. Il y avait sur leurs visages une sérénité qui me rappelait celle de Min quand il marchait vers le précipice. Comme lui, ils étaient devenus sourds. Je criais. Ma voix en détresse me hante encore. Je m'entends pousser des râles : « Vous n'avez que vingt ans ! Toi, toi là-bas, je suis sûre que tu n'as que dix-huit ans ! Ne vous tuez pas ! Venez ! Je vous en supplie. Vivez et nous aurons la victoire. »

Les desserts accostent la table. Elle se tait.

– Alors ?

Jonathan lui saisit la main dès que les serveurs se sont éloignés.

– « La Chine s'éveillera quand notre sang aura coulé », m'a répondu l'un d'eux. Je suis devenue hystérique. Je me suis jetée sur lui et lui ai donné une gifle. Les étudiants qui me suivaient m'ont prise par la taille. Ils m'ont traînée hors de cette tente pendant que je hurlais. Le reste de la soirée demeure flou. Ma mémoire en a effacé des passages. Je n'arrive pas à trouver un lien entre les bribes d'images. Je me vois marcher dans la foule des étudiants escortée par l'armée. Je me vois errer dans les rues de Pékin. Je me vois conduite par un camionneur chez lui et cachée plusieurs jours. J'entends toujours les tirs... Puis, la cavale : routes interminables, marche à pied épuisante, villages, forêts, fleuves, montagnes. On me réveillait la nuit : « L'armée arrive, il faut partir. » Alors je courais, me perdais, m'enfonçant encore et encore dans la Chine profonde. Trains, camions, charrettes tirées par des ânes, j'attrapais n'importe quoi pour fuir. Visages burinés, odeurs nauséabondes, chaumières misérables, voleurs, violeurs, assassins, ces souvenirs me poursuivent encore et je me réveille la nuit, pensant que l'armée arrive...

Ayamei fait le geste d'attraper la bouteille d'eau. Jonathan la devance. Il remplit son verre. Elle boit d'une traite et pose lourdement le verre sur la table.

– Tu connais certainement cette photo où un jeune Chinois défie une colonne de chars.

– Bien sûr, répond Jonathan avec compassion.

– Personne ne sait qui il est. Personne ne sait ce qu'il est devenu. Quand je tombe sur son image dans un magazine, j'éprouve un terrible remords. Pourquoi en sommes-nous arrivés là ? Pourquoi n'ai-je pas pu modérer les revendications extrémistes ? Pourquoi n'ai-je pas été meilleure dans la négociation ? Pourquoi n'ai-je pas su éviter la tragédie ?

– Ayamei, tu n'es pas responsable. C'est eux qui ont tiré. C'est le régime qui a fait venir les colonnes de chars !

La voix d'Ayamei tremble :

– Tous les hommes tombés autour de Tianan men auraient pu être aujourd'hui médecins, avocats, industriels, écrivains. Ils auraient pu goûter aux délices de l'amour et au bonheur d'avoir des enfants. Ces vies se sont arrêtées ! Et je dîne dans un restaurant chic de la tour Eiffel.

Sa main est glacée. Elle aurait pu l'émouvoir, se dit Jonathan, s'il n'était pas un homme sans domicile fixe et à la nationalité incertaine. Il aurait pu être cet homme pur et bon qu'il incarne si tout cela ne faisait pas partie du travail. Il est pourtant presque honnête quand, d'une voix émue, il s'adresse à elle :

– Le combat reste possible parce que tu respires, que tu te nourris ! N'oublie pas que les morts sont morts et que seuls les survivants sont porteurs d'espoir.

– Le combat ? sourit-elle amèrement. J'ai fondé une association, le Cercle des amis de la démocratie en Chine. J'ai organisé des conférences, des débats, des

67

expositions. J'ai publié des communiqués de presse contre le gouvernement chinois. J'ai lutté pour la libération des prisonniers politiques. J'ai agité les médias pour priver mon pays de l'organisation des Jeux olympiques sous prétexte que le gouvernement ne respectait pas les Droits de l'homme. Je suis montée au créneau chaque fois que j'ai eu l'occasion de critiquer le communisme. En réalité, je suis de moins en moins convaincue par mon discours. La Chine a évolué depuis 1989. Le clan des réformistes a gagné et deux générations de dirigeants, après Deng Xiaoping, ont poursuivi le développement de l'économie. La Chine est devenue une puissance qui compte parmi les Grands. En Occident, un Chinois n'est plus un démuni, un opprimé qui inspire la pitié, il est considéré comme un acheteur, un investisseur et un partenaire potentiel auquel il faut faire la cour. Le peuple chinois est indifférent aux discours sur les Droits de l'homme. Il veut s'acheter une maison, s'offrir une voiture et se faire masser par des filles tout en regardant la télévision, c'est cela son droit de l'homme ! C'est pourquoi la Chine a rejoint l'Organisation mondiale du commerce où seules comptent la croissance économique et la frénésie consommatrice. La Chine s'est éveillée mais elle a perdu son âme ! Crois-moi, ce n'est pas la démocratie qui pourra la lui rendre, cette âme chinoise.

Jonathan regarde Ayamei, émerveillé. Son idéal étant brisé, elle est amère. Ce type de personnalité est ce qu'il y a de plus facile à manipuler. Il s'aligne sur son discours :

– Je suis heureux de t'entendre. En Occident, nous avons le même phénomène. Les hommes abrutis par la télévision, les publicités, les jeux vidéo, ne sont plus que des troncs sans tête. Sais-tu qu'il existe des gens qui s'organisent pour lutter contre ce mal ?

Un serveur s'approche.

– Désirez-vous un café ou une infusion ?
– Avez-vous de la verveine fraîche ?
– Oui, madame. Et pour vous, monsieur ?
– Un café.

Elle n'attend pas que le serveur s'éloigne.

– Qui sont-ils ?

Il se contente de lui répondre :

– Je te raconterai plus tard.

Il fait une pause et lui sourit. Confiant en ses yeux bleus et ses dents blanches, il veut lui montrer que lui aussi a un tempérament révolutionnaire.

– Pourquoi cette décadence ? Qui sont les responsables de cette perte de l'âme ? Tous les politiques corrompus et vendus aux groupes industriels ; tous les financiers qui ont étendu sur notre planète de vastes réseaux mafieux. Ils ont détourné les grands objectifs du siècle dernier pour nous tromper. La démocratie est devenue leur manteau d'apparat ; les Droits de l'homme, leur bras agissant pour punir ceux qui désobéissent à leur loi. Comment peut-on encore parler des Droits de l'homme alors qu'ils nous font manger des légumes transgéniques et des bœufs nourris des cadavres de bovins ? Nos citoyens croient être libres parce qu'on leur remet régulièrement un bulletin de vote. En réalité, une élection est une fausse guerre ! Les partis politiques défendent les mêmes intérêts : ventes d'armes, trafics de drogue, cours du pétrole...

Appuyant son menton sur une main, elle le fixe avec intensité. Il a envie d'elle. Il vide sa tasse de café.
– On s'en va ?

L'ascenseur descend la tour Eiffel. A leurs pieds, Paris respire. Le Trocadéro, l'Arc de triomphe, la coupole des Invalides se soulèvent en vagues lumineuses. La Seine, long ruban de velours incrusté d'étoiles, les enveloppe.

Jonathan avance d'un pas et embrasse son héroïne, sa cible.

Il la plaque contre le mur. Elle se débat faiblement. Sa langue est chaude et sent encore la verveine fraîche. En pressant son corps contre le sien, il savoure le tremblement de ses seins. Il emploie la main gauche à maintenir ses poignets, tandis que la droite explore le corps. Pendant le dîner, il a repéré la faille dissimulée sous l'aisselle gauche. A présent, sa main tâtonne et dénombre les obstacles. Coupée en biais, la robe compte vingt et un boutons minuscules enveloppés dans de la soie, alignés à la verticale de l'aisselle jusqu'au milieu de la cuisse. Autant de mines à désamorcer avec tact.

Depuis combien de temps l'embrasse-t-il ? Il ouvre les paupières et rencontre les yeux écarquillés d'Ayamei à quelques centimètres de son visage. Ses prunelles brillent comme deux gemmes noires.

– Viens, on va au salon, murmure-t-il à son oreille.

Sans attendre la réponse, il la soulève. Elle est plus lourde qu'elle n'en a l'air. Il trébuche et ne la relâche pourtant pas. Ils tombent tous deux sur le canapé. D'un bond, elle se redresse. Il s'élance, la rattrape et la renverse sur le tapis. Il met la main sur le premier bouton.

Il est trempé de sueur quand il parvient au dernier. Deux seins ronds jaillissent. Sous la robe noire, un corps d'athlète fait de muscles et de reliefs. Il s'autorise deux secondes d'arrêt, balance aux quatre coins de la pièce veste, cravate, chemise, chaussures, chaussettes, pantalon, caleçon. Il inspire pour rassembler ses forces. Certaines femmes sont des gâteaux à la crème qu'on avale d'une bouchée. D'autres, loutres, ratons laveurs, souris, femelles au museau fin et à la fourrure luisante, imposent un jeu de cris et de griffes. Mais la Chinoise qui lui fait face appartient, hélas, à la troisième catégorie : avec son ventre plat, ses seins saillants, ses jambes allongées et ses cuisses fortes, sa taille fine et ses épaules puissantes, c'est une montagne qu'il faut prendre d'assaut.

Il se jette sur elle.

Un long préliminaire pour s'échauffer.

La pénétration se fait d'un coup de reins déterminé.

Elle gémit, se tortille. Son visage s'empourpre.

Il se déchaîne.

Il change de position.

Il fonce jusqu'à perdre haleine.

Il se repose en changeant de position.

Il sent venir la vague.

Il se retient.

Il reprend l'ascension à pas lents.

Il pense à la société d'informatique pour oublier les nerfs tendus de son bas-ventre.

Une nouvelle pause. Une jambe sur le dossier du canapé, une autre traînant par terre, Ayamei le regarde avec un vague sourire. Quand a-t-elle fait l'amour pour la dernière fois ? Qui ont été ses amants ? Quels sont ses fantasmes ? Une foule de questions se pressent dans la tête de Jonathan.

Il relance le combat sans l'avertir. La rencontre d'un homme et d'une femme est une guerre sans interruption. L'armée de Jonathan progresse en terrain ennemi et partout elle provoque des cris, des râles, des tressaillements. Les sueurs se mêlent, les lèvres s'entrechoquent, les poitrines se soulèvent, les jambes se nouent et se dénouent, les mains se tendent vers le ciel et retombent. Enfin, un long soupir s'échappe de la gorge d'Ayamei. Ses mains empoignent les bras de Jonathan et ses ongles entrent dans sa chair. Il s'immobilise pour contempler sa victoire. Les yeux de la jeune femme sont grands ouverts. La fierté de la rebelle de Tianan men a disparu. Elle le fixe d'un regard suppliant.

Le sang bouillonne dans ses veines, son rythme cardiaque s'accélère. Jonathan se précipite vers le sommet de l'extase. Tout à coup, l'air lui manque, sa tête tourne. La chute vertigineuse. Il s'effondre sur le tapis, inerte.

Il revient à lui, s'étire avec satisfaction et interroge sa partenaire :

– Alors, c'était bien ?

Pas de réponse. Il lève les yeux. Les longs cheveux d'Ayamei descendent en désordre jusqu'au nombril. Il ramène les mèches derrière ses oreilles. Les seins, deux tours fortifiées, se découvrent. Il en saisit un et le secoue.

– Alors, tu as aimé ?

Une voix dure, celle qu'il a entendue lors de leur première rencontre, s'élève :

– Je dois y aller.

Ses doigts qui jouent avec le téton se figent.

– Pourquoi ?

– Je suis une femme dangereuse.

– Je sais.

– Des hommes et des femmes sont morts à cause de moi.

– C'était il y a quinze ans.

– Nous ne devons plus nous revoir.

– Qu'est-ce que tu as ?

Elle lui adresse un regard noir.

– Je ne suis pas celle que tu imagines.

– Trop tard. J'ai pris goût au danger. Veux-tu un peu d'eau ?

– Une femme, vieille, jeune, prostituée ou reine, est une femelle qu'un mâle assaille. Elles sont traitées de la même manière. Elles reçoivent les mêmes baisers, les mêmes caresses, la même adoration. Des mensonges. Un phallus n'a pas d'yeux ni de sentiments. Ainsi sont les hommes. Je m'en vais. Ne nous voyons plus.

Jonathan ne peut en croire ses oreilles. Elle est folle, cette femme ! Tous ces efforts pour rien ? Il s'insurge :

– Quelqu'un t'a-t-il fait du mal pour que tu aies une vision si sombre des hommes ? Tu crois n'être qu'un sexe ? Pourquoi es-tu venue chez moi alors que tu savais que j'étais un salaud qui voulait coucher avec toi ? Pourquoi as-tu joué la salope ? Et maintenant tu m'accuses de t'avoir violée ? Si je suis menteur, tu es une hypocrite.

– Je sais pourquoi je suis montée chez toi. Mais j'ignore pourquoi tu m'as fait venir. Je ne suis pas féminine, j'ai un passé sombre et aucun avenir. Si tu as eu envie d'une aventure, c'est fait. Maintenant, laisse-moi partir.

Jonathan se met à rire.

– C'est vrai que tu ne corresponds pas aux critères de beauté diffusés à la télévision, mais tu as une féminité faite de force et de profondeur. Quand je t'ai vue la première fois, enveloppée d'un manteau noir, tu m'as transpercé.

Il marque un temps d'arrêt et improvise une tirade passionnée.

– Tu as vécu un massacre. Tu as été persécutée. Paris t'a mal accueillie. Voilà pourquoi tu ne crois plus aux hommes. Peut-être ne suis-je qu'un passager dans ta vie. Mais je prends tout ce que tu me donnes avec joie et je veux te donner ce que je possède de plus beau. Détends-toi. Viens dans mes bras.

Il enlace ses épaules et plonge son regard dans le sien. Jonathan sait comment émouvoir les femmes. Il sait qu'aucune ne résiste à son regard de gamin mendiant de la tendresse.

Il lui donne un baiser.

– C'était très bien. Merci !

Elle détourne la tête, le repousse et se lève. Il la regarde enfiler sa culotte, se glisser dans la robe qu'elle reboutonne de la cuisse à l'aisselle. Il a guetté toute la soirée les prémices du dérapage. C'est maintenant qu'elles se produisent. Il jette un coup d'œil discret sur sa montre : une heure trente-deux. Il est fatigué. Il a envie de dormir.

Il l'attrape par le bout de sa robe et lui lance au hasard :

– Je sais pourquoi tu es venue, même si tu ne veux pas te l'avouer.

Elle s'immobilise et le fixe d'un regard méfiant.

– Je suis un orphelin, tu es une orpheline. Tu es attirée par moi comme moi par toi. Nous partageons un langage secret que les autres habitants de la Terre ne peuvent pas comprendre. Ne pars pas, Ayamei. Nous nous sommes déjà adoptés.

Elle le regarde si durement qu'il pense que ses yeux bridés vont creuser deux trous sur son visage. Soudain, deux nappes d'eau se forment en bas du blanc de ses yeux. Elles se transforment en deux longs rubans qui descendent le long des joues. Elle pleure !

Stupéfait, il ne perd pas son réflexe malgré l'heure tardive. D'un geste preste, il la serre contre lui.

– J'ai menti, dit-elle après l'avoir laissé essuyer ses larmes.

Il n'ose ni bouger, ni parler, ni respirer.

– Je n'ai pas joui ! Je n'ai jamais connu la jouissance !

– Quoi ?

– J'ai fait semblant... Je n'ai rien senti !

Voilà pourquoi elle voulait le fuir ! Elle est frigide, il n'a pas rêvé !

Il se laisse choir sur le canapé. Il respire d'un coup et reprend son calme.

– Ton sexe était humide. Tu rougissais. Tu réagissais à mes caresses exactement comme une femme qui aime faire l'amour. Tu n'es pas frigide du tout.

Ce commentaire déclenche une explosion de sanglots.

– Tout à l'heure, pendant un moment, j'ai cru que

j'allais enfin connaître le plaisir. Mais non, rien. Je n'ai rien senti. Je ne suis pas une femme normale. Jamais je ne pourrai connaître la joie d'être femme.

– Arrête de te calomnier !

Jonathan cherche rageusement un argument.

– Le sexe d'une femme n'est pas seulement un vagin. Il comprend aussi un cerveau, une peau, une âme. C'est un ensemble de mécanismes subtils. Qui sait ? Peut-être as-tu joui sans le savoir.

– J'ai feint le plaisir. Pardonne-moi !

Il soupire et l'attire dans ses bras. Tout s'explique : l'appartement rangé, la propreté maniaque, le manteau noir. Une nonne. Et il a reçu pour mission d'infiltrer cette solitude glacée !

– Ce n'est pas grave, murmure-t-il pourtant. Je vais te soigner. Tu verras, je te guérirai.

– Tu ne m'en veux pas ?

– T'en vouloir ? Les hommes t'ont fait du mal. Je ne veux que te faire du bien. Je te le jure.

Elle le regarde avec gratitude. Il évite ses yeux.

– Viens, allons nous coucher, dit-il.

Entraînant Ayamei par la main, il se dirige vers la chambre d'un pas lourd.

– Je suis une marionnette, marmonne-t-elle derrière lui. J'ai joué pour te faire plaisir... J'ai crié, j'ai tremblé... Tu ne m'en veux pas de t'avoir dit la vérité ? Pardonne-moi...

– Nous sommes tous des marionnettes dans un monde d'illusions.

– ... des gens invisibles tirent les ficelles pour me faire bouger.

– Dans notre monde, tout est illusion : souffrance,

jouissance, toi, moi, les gens qui tirent les ficelles, la liberté, la peur, la solitude... J'ai sommeil. Enlève ta robe. Viens te coucher.

– Je n'ai jamais dormi avec un homme.

– Ça fait longtemps que je n'ai pas dormi avec une femme. Nous allons nous habituer l'un à l'autre.

L'obscurité réconcilie l'âme et le corps. L'obscurité sécrète une liqueur qui dilue le mensonge. Un lit double est un cachot profond où deux inconnus sont unis dans le dénuement et l'attente d'un beau rêve. Ayamei tourne le dos et se recroqueville. Jonathan la serre contre lui de toute sa force.

Il se réveille en sursaut. Il se redresse sur les coudes. La nuit n'est pas si noire qu'il croyait. Il fait déjà jour. Sa montre est là, au poignet. Elle indique sept heures quarante-deux. Il détecte une présence humaine dans le lit. Une femme ! La mémoire lui revient. Paris, 21 place Edmond-Rostand, 28 avril 2005, Ayamei et Jonathan viennent de passer la nuit ensemble.

Elle dort encore, la tête au milieu de l'oreiller. Elle a tiré la couverture jusqu'au menton. Ses joues ont la couleur pastel de l'innocence, sa bouche entrouverte est une fraise. Sa peau est lisse de souffrance, ses paupières closes voilent des yeux qui fixaient peut-être les mille merveilles d'un songe. Cette fille-là serait frigide ? Elle ment !

Jonathan, en érection, se glisse doucement vers elle. Sa main rampe jusqu'au sein. Sa jambe remonte jusqu'au ventre. Ne rencontrant pas de résistance, il bascule sur elle. Elle ouvre les yeux.

– Que fais-tu ?
– J'essaie de te guérir.
– Ne me touche pas.
– Laisse-moi faire. Tu aimes ça.

Il l'embrasse. Elle l'évite.

– J'ai tué Min, je pourrais te tuer.
– On verra après.
– Arrête, Jonathan, arrête ! Tu le regretteras.
– Je n'ai jamais eu peur du regret...

Il la fait taire. Son sexe est profond et tiède, pourquoi prétend-elle ignorer le plaisir ? D'ailleurs, il la fait trembler, gémir. C'est sûr, elle va jouir. Jonathan entend un long vrombissement et, soudain, il reçoit une décharge électrique dans le bas-ventre. La douleur crispe ses membres, une explosion dans sa tête le rend presque sourd. Il entend, à travers un brouillard, sa propre voix :

– Tu m'as tué !

Il est réveillé par une odeur de café.

– Quelle heure est-il ?

Dans le lointain, elle répond :

– Midi deux.

Il ouvre les yeux. Ayamei a tiré les rideaux. Un long rouleau de nuages chargés de pluie stagne dans un ciel gris. Elle marche vers lui en portant deux tasses de café. Elle exhibe sans complexe sa nudité. Elle sourit. Des cernes sont apparus sous ses yeux. Elle rayonne de la vivacité d'une femme contente d'avoir fait l'amour avec un homme qui lui plaît. Il pose la tasse sur le chevet, la tire vers lui.

– Alors ?

– J'ai fait des toasts. Tu en veux ?

Elle se libère de son étreinte et revient avec une assiette de pain grillé. Ses pas, joyeux et juvéniles, font trembler le plancher. Il tire une secrète fierté d'examiner ce corps d'athlète qu'il a possédé. Elle se tient droite mais son port de tête a perdu sa raideur militaire.

Ses lèvres sont celles d'une femme comblée, ses moues souriantes, celles d'une petite fille qui a découvert un nouveau bonheur.

Trempant la tranche de pain dans sa tasse de café, il demande enfin :

– Qui est Min ?

Elle ne sourit plus et tourne son regard vers la fenêtre.

– Je n'ai jamais raconté notre histoire.

– Ne me dis rien. Je ne veux pas que tu te fasses du mal.

– Non, cela va me faire du bien... J'avais quatorze ans quand Min est apparu dans ma classe. Ce nouvel élève était beau. Il écrivait des poèmes mais était nul en mathématiques. Je l'aidais pour les équations et nous sommes devenus amis. Il y avait une cabane en haut d'une colline près de l'école. Nous nous échappions des cours de gymnastique pour être ensemble. Je lisais. Il dessinait. Le soir, retour en bicyclette. Nous faisions la course. Je pédalais de plus en plus vite. Le vent me portait, je volais. Quel bonheur de glisser avec Min dans le ciel ! Un jour, quelqu'un nous a dénoncés. Persuadé que nous avions une affaire sentimentale, le professeur a alerté nos parents puis la direction. A cette époque, dans les lycées chinois, « parler d'amour » était un délit. On expulsait les élèves coupables et Min a été viré. Nous étions des adolescents. Nos corps n'étant pas prêts pour la procréation, nous ignorions la pulsion sexuelle qui rend les adultes fous de désir. Mais nous connaissions déjà l'insupportable souffrance de rester loin l'un de l'autre. Malgré la surveillance de mes parents, je sautais par la fenêtre et allais le rejoindre sur la colline dans la nuit. Un jour, je suis tombée d'un arbre et me suis cassé une jambe. Cet accident a provoqué la fureur des deux familles. Les parents de Min ont déménagé en province, pensant que la distance allait mettre fin à notre « relation ». Min a volé de l'argent et il est revenu me chercher. Pour ne plus souffrir, pour ne plus se quitter, pour châtier les hommes injustes, il m'a persuadée qu'il fallait mourir.

Ayamei s'interrompt. Elle lève sa tasse de café mais ne la boit pas.

– A une heure de train de Pékin, il y a une chaîne de montagnes. Nous avons grimpé un sentier abrupt et rejoint le plus haut sommet. La falaise plongeait sur un lac bleu. Nous avancions, main dans la main. Tout à coup, les lumières des eaux m'aspirent, Min m'entraîne, je m'envole ! « Min, je ne veux pas mourir. Je veux vivre. Min, je veux voir le soleil se lever, les étoiles tourner dans le ciel. Je veux revoir l'automne et aller patiner quand l'hiver reviendra ! » C'était trop tard. Min m'avait échappé. Il avait traversé le ciel comme une comète et avait disparu sans laisser de trace...

Elle boit son café lentement. Quand elle a fini, elle essuie ses lèvres.

– Min est au ciel et je suis tombée dans l'abîme. Son absence me torturait et la culpabilité m'obsédait. Mort, il me poursuivait partout. Quand je m'habillais, quand je pédalais sur ma bicyclette, quand je passais mes examens, je le sentais près de moi, je lisais de la souffrance sur son visage. Je me suis enfermée avec lui dans ce monde qui n'appartenait qu'à nous deux. Je n'avais plus envie de sortir ni de « parler d'amour ». Je me faisais belle pour lui, je réussissais les concours nationaux avec son aide. Je grandissais, je devenais sa fiancée, son épouse. La première fois que j'ai fait l'amour, c'était avec lui ! Tianan men m'a arrachée à son emprise. Il a cessé de me murmurer à l'oreille et de m'embrasser quand je marchais dans la rue. J'ai quitté Pékin. J'ai parcouru la terre chinoise avec une armée à mes trousses. J'ai été violée par des hommes. Je me suis prostituée pour un pain, un verre d'eau. Min m'a abandonnée. Il m'a laissée dans la déchéance... Excuse-moi, je suis une femme sale !

Les épaules d'Ayamei tremblent, elle se plie en deux et cache son visage dans ses mains pour pleurer. Jonathan garde le silence, sachant que s'il parle, ce sera pour mentir. Après un long moment où il est resté interdit, il soupire :

– Pourquoi t'excuses-tu toujours ? C'est à toi que les hommes devraient demander pardon. Je ne suis qu'un homme ordinaire et je ne mérite pas ce que tu m'as donné. Je suis désolé de t'avoir fait pleurer.

Elle essuie ses larmes.

– Je ne comprends pas ce qui s'est passé entre nous... Jonathan, tu ne ressembles à personne. Tu as été blessé par la vie mais tu as pardonné. Tu as conservé l'enthousiasme pour les hommes et tu t'es réconcilié avec le destin. Tu es un homme d'exception ! J'ai été attirée par toi comme un papillon par la flamme. Je suis venue pour te voler un peu de ton courage et... la chaleur de ton corps.

Jonathan ne trouve pas de mots. Après un long silence, il se lève.

– Viens avec moi.

Il l'entraîne par la main jusqu'à la fenêtre. La pluie vient de cesser. Un rayon de soleil perce les nuages, pourfend le Luxembourg et rebondit sur les amants, tous deux nus. Jonathan est bronzé et Ayamei presque blanche. L'un a des cheveux blonds et courts, l'autre des cheveux noirs et longs. De sexe différent, ils se ressemblent pourtant : leurs corps sont musclés et ils sont hantés par leurs propres démons.

Jonathan trouve enfin une phrase :

– Voilà, nous sommes dans le ciel. Nous avons à nos pieds le plus beau jardin de la plus belle ville du monde. Il faut vivre le présent. Oublie ta tristesse. Ayamei, tu es vivante et libre...

Le lit, doux univers ouaté ! Le frôlement de la peau est le plus beau langage du monde.

– Tu me sens ?

– Oui... je te sens.

– Alors ?

– Je ne sais pas... Je n'arrive pas à me détendre... Je me regarde...

– Ferme les yeux. Dis ce que tu aimes en moi.

– J'aime ton regard... j'aime ton sourire... j'aime l'os de ton poignet... j'aime ta main... j'aime quand tu m'embrasses... j'aime dormir avec toi...

Elle soupire et ouvre grands les yeux.

– Je n'arrive pas.

Il s'interrompt. Il hésite un instant puis lance :

– Je sais comment te guérir.

– Comment ?

La voix de Jonathan est lugubre :

– Tu ne peux compter sur la force de personne. Tu ne peux compter que sur toi-même.

– Dis-moi ce que je dois faire.

– Ce que tu dois faire ?

Chaque mot prononcé attriste Jonathan. Cependant, il est incapable de s'arrêter.

– Continuer la lutte que tu as commencée en 1989. Car, au fond de toi, tu n'as pas accepté l'échec de Tianan men. Tant que tu ne trouveras pas un nouveau combat qui te donnera une revanche sur le passé, tu censureras toute forme de plaisir.

Elle s'écrie :

– Là-bas, la société évolue et le niveau de vie s'améliore sans mon intervention. Avec le temps, une démocratisation sera inévitable. Un politique, un homme d'affaires, un ouvrier, un serveur dans un restaurant, n'importe quel Chinois, est plus impliqué que moi dans la construction du pays. Car je ne vis pas en Chine, je ne partage pas leurs problèmes quotidiens, je ne prends aucun risque et je prononce des discours vides de sens. Le combat que je mène est pure hypocrisie. Il sert à me prouver à moi-même qu'Ayamei existe toujours.

Il la fixe dans les yeux.

– Tu te trompes, il y a beaucoup à faire. Réfléchis : avec l'aide des systèmes informatiques, les réseaux mafieux se sont reliés et répandus sur toute la planète. Ce ne sont plus les gouvernements qui sont voyous, ce sont les voyous qui se trouvent au cœur de tous les gouvernements, qu'ils soient démocratiques ou despotiques. Ils conspirent ensemble. Ils pillent les peuples. Ils manipulent le cours de l'Histoire et celui de la

Bourse à leur profit. Je te donne un exemple. Sais-tu que le gouvernement chinois a infiltré la classe politique française ? Sais-tu que la France vend des armes à la Chine malgré l'embargo voté par l'Union européenne au lendemain de Tianan men ? Sais-tu que cet argent illicite est blanchi à Hong Kong, à Taiwan, aux îles Caïmans, en Suisse, au Luxembourg, et qu'il sert à financer les partis politiques ? Le tout grâce à de simples clics sur des ordinateurs. Sais-tu que la personne clé de ce vaste réseau de corruption s'appelle Philippe Matelot, qu'il est le conseiller économique du Premier ministre ?

Elle se libère de son étreinte.

– Philippe Matelot ? Ce n'est pas possible ! Depuis longtemps il soutient le Cercle des amis de la démocratie en Chine. Je suis le professeur de chinois de ses deux filles. Je connais bien ses opinions politiques. C'est impossible !

Il ricane.

– Ça ne m'étonne pas. Il lui fallait une couverture et c'est toi qu'il a choisie. Il accueille une héroïne de Tianan men, une militante des Droits de l'homme, par conséquent personne ne peut le soupçonner d'intelligence avec les communistes et de trafic d'armes avec Pékin. Son jeu est diabolique. C'est un manipulateur !

Elle le dévisage.

– Qui es-tu ? Comment es-tu au courant de ces choses ?

Il sourit.

– Tu m'as confié ton secret, je vais te révéler le mien. Je t'ai déjà parlé de mes « amis ». Voilà, nous sommes membres d'une organisation appelée le Mandat terrestre. Notre objectif : pourchasser la corruption par l'argent et rétablir la vérité de l'homme sur terre. Grâce à l'engagement des militants – plus de trois cent mille personnes réparties sur les cinq continents – nous avons édifié un pouvoir parallèle, le seul capable de contrebalancer la puissance mafieuse, le mal qui domine ce XXIe siècle.

– Le Mandat terrestre ? J'en ai entendu parler. Ses adeptes ont bloqué un bateau chargé de déchets nucléaires qui devait traverser l'Atlantique. C'est une secte !

– Jésus était un gourou et sa secte s'appelle le christianisme. Il a été persécuté par les Romains. Depuis l'Antiquité, le pouvoir établi craint les courants spirituels qui libèrent les individus du mensonge collectif. Créé il y a dix ans, notre Mandat terrestre propose aux hommes et aux femmes une initiation composée de neuf portes les guidant vers la Vérité suprême. Un puissant lien nous unit : la volonté de changer le monde.

– Quand es-tu devenu adepte ?

– Il y a deux ans. Depuis, j'ai été admis au sein de la loge de la Purification. Mon travail consiste à traquer les politiques mafieux. Je prépare des dossiers qui seront envoyés aux journalistes, aux éditeurs, aux policiers, aux juges, aux contrôleurs du fisc qui sont également nos Frères. Nous faisons en sorte que ces hommes soient démasqués et condamnés. Bref, un travail de nettoyage auquel les autres hommes, corrompus à leur tour, ont renoncé depuis longtemps.

La voix d'Ayamei s'attendrit.

– Je savais que tu aimais les aventures périlleuses. Ton travail est risqué. Tu n'as pas peur ?
– Peur ? La troisième porte de notre initiation apprend que la peur est une illusion. Cette formation, tu l'as vécue, à ton insu, à Tianan men. Tu peux me comprendre.
– Et ton travail d'ingénieur ?
– Alimentaire. Au Mandat terrestre, nous avons tous une profession. Nous ne sommes payés que par nos employeurs.
– Comment parviens-tu à mener une double vie ?
– Toi aussi tu mènes une double vie, celle de maître de kung-fu et enseignante de chinois, et celle d'Ayamei, héroïne de Tianan men, présidente du Cercle des amis de la démocratie en Chine.
– Pourquoi me fais-tu cette révélation...

Il l'interrompt et détaille son exposé comme s'il vidait les cartouches d'un automatique.

– J'ai été deux fois orphelin. Je ne croyais plus à la vie. Je me noyais dans l'alcool et dans les bras des femmes. Le Mandat terrestre m'a aidé à me retrouver. Je ne suis plus un homme faible qui se sent abandonné et mal aimé. J'appartiens à une famille et je bénéficie d'une protection. Les angoisses, les craintes, les désespoirs sans nom ont disparu. Chaque matin, je me sens porté par l'espoir et l'envie de combattre. Ayamei, rejoins-moi dans ce combat. Tu t'épanouiras, tu retrouveras la confiance en l'homme. Car c'est toi qui rendras l'humanité meilleure.
– Entrer dans une secte ? Je ne sais pas...
– Réfléchis, prends ton temps, murmure-t-il en l'enlaçant. Tu sais ce que j'aime en toi ? Tes cheveux,

tes yeux, ton parfum, le grain de ta peau, tes seins, tes genoux, tes doigts de pied... et ton front quand tu réfléchis.

Il pose ses lèvres sur les siennes.

Elle ferme les yeux et se laisse embrasser.

Des larmes s'échappent de l'extrémité de ses paupières closes.

二

Le regard de Philippe Matelot balaie le salon désert. Il arrache sa cravate et jette sa veste sur le canapé. Il a envie de crier.

La porte de la chambre s'ouvre.

– Bonsoir.

Il recule d'un pas.

– Tu... tu es là ?

– Je me suis dit que tu aurais peut-être besoin de consolation. Ce n'est pas agréable d'être seul un vendredi soir. Excuse-moi, je suis entrée sans frapper.

Philippe s'affale dans un fauteuil.

– Elle est partie.

– Je sais.

– Elle a enlevé les enfants.

– Je sais.

– Tiens, lis la lettre qu'elle m'a laissée.

– Je l'ai lue.

– Bravo. Je ne m'en suis même pas aperçu.

– Décacheter une lettre, c'est la première chose que l'on apprend quand on commence dans ce métier.

Philippe pense qu'il devrait s'énerver et protester. Mais ce soir, il est fatigué. Après tout, cette femme a réussi son intrusion dans son existence. Elle s'est insinuée jusque dans la profondeur de sa conscience. Elle a déjà violé mille fois sa vie privée et mille fois il a été consentant.

– Alors ? lui demande-t-il.

Autant s'appuyer sur elle pour ne pas s'effondrer.

– Elle est furieuse. Je la comprends. Il n'est pas agréable de découvrir que son mari a une maîtresse. Au lieu d'être à Bruxelles comme tu lui avais annoncé, tu as dîné en amoureux avec la fille dans un restaurant à Monaco où, manque de chance, une de ses amies t'a aperçu. Quelle imprudence de la part de l'époux infidèle !

Elle est ravie et Philippe Matelot sur le point d'exploser. Mais il garde son calme, grâce à cette patience acquise après des années de travail dans les ministères.

– Si elle veut divorcer, je respecterai sa volonté, dit-il avec froideur.

– Comment vas-tu expliquer la situation au Premier ministre ? S'il apprenait que tu entretiens une call-girl avec l'argent de sa prochaine campagne présidentielle...

– Quoi ? Tu me fais suivre ?

Philippe se lève, pointe le doigt vers son interlocutrice et hausse le ton.

– Je t'ai déjà dit de me laisser tranquille ! C'est notre deal. Je ne peux pas travailler pour vous dans ces conditions ! Au gouvernement, tous couchent à gauche et à droite, ce n'est un secret pour personne. Je sors avec une pute, ce n'est même pas de l'infidélité.

– Pas toi, Philippe. Ton ministre est présidentiable et les électeurs connaissent ton engagement politique.

Quelle idée de prendre une pute ukrainienne comme maîtresse ! La connais-tu vraiment ? Si elle était une espionne russe ? S'il s'agissait d'un coup tordu ? Des gens malveillants auraient pu installer une caméra dans votre chambre d'hôtel. Pense à la carrière de ton ministre, pense à la tienne !

Philippe se précipite vers le bureau où se trouvent la lettre de sa femme et une liasse de photos qu'elle a laissées. Il les examine les unes après les autres. Il se tourne vers elle.

– C'est toi qui as fait envoyer ces photos à ma femme, hein ? L'amie de passage à Monaco n'existe pas. C'est toi qui m'as fait suivre ! Pourquoi ?

– Moi ? Bien sûr que non !

Elle s'exprime avec la sincérité désarmante des menteurs professionnels. Son regard honnête et bon lui rappelle son ministre qu'il a accompagné tout à l'heure à une émission télévisée.

– Cet après-midi, quand je suis venue donner leur leçon aux enfants, j'ai trouvé ta femme en larmes. Elle m'a montré les photos et je lui ai dit que si elle en avait marre, il fallait partir. Je lui ai dit de laisser les photos pour te confondre. N'ai-je pas bien œuvré ? Elle aurait pu filer avec les photos et demander la garde des enfants quand elle divorcera.

Philippe Matelot est effondré.

– Il faut tout de même que je m'amuse ! Tu ne vois pas que je ne suis qu'un valet de chambre ? Je dois satisfaire les caprices du Premier ministre qui ne pense qu'à passer de l'hôtel Matignon à l'Elysée. Je viens d'avoir trente-huit ans et j'ai déjà des cheveux blancs ! J'ai besoin de me relâcher de temps à autre.

Elle lui lance un rire glacé.

– Entre le sexe et l'ambition, il faut choisir. Nous ne voulons à aucun prix que tu sois écarté de la garde rapprochée du Premier ministre. Nous ne voulons à aucun prix te perdre. Tu es le plus talentueux de ta génération. En 2007, tu n'auras que quarante ans et tu seras ministre. Nous te pousserons. Philippe Matelot, n'as-tu jamais ambitionné de devenir président de la République ?

Quel politique n'y pense pas ?

Philippe Matelot corrige :

– Bon, je reconnais mon imprudence. Désormais, je vais me contenter du charme de ma femme... si jamais elle revient.

Il n'oublie pas de flatter la femme d'en face.

– Tu sais que, ces dernières années, je n'ai désiré que toi. Toi seule me fais bander. C'est parce que tu te refuses que je suis allé voir ailleurs.

Elle sourit modestement.

– Menteur. Viens, j'ai préparé un dîner.

Elle se lève. Sa jupe de soie frappe ses genoux et ses chaussures pointues aux talons aiguilles glissent vers lui. Elle lui tend la main. Il hésite et donne la sienne. Elle le tire vers elle avec détermination. Il cède comme toujours. Elle se dirige vers la cuisine en le traînant derrière elle comme un petit chien. Elle se retourne et lui sourit. Il devine de l'ironie, de la satisfaction dans son regard. Il la hait !

Dans la cuisine, le couvert est mis. La salade aux épinards et aux pamplemousses, du saumon fumé et des blinis chauds les attendent. Tout ce que Philippe aime. Elle sort du réfrigérateur une bouteille de vodka.

– Trinquons à ton avenir !
– A toi, Ayamei, l'amie qui me veut du bien. A ton avenir aussi.
– Je n'ai pas d'avenir. Je mourrai dans l'ombre, sans famille, sans enfant, sans gloire. Allez, vive la France !

Elle vide son verre d'un coup sec. Philippe lui en remplit un second.

– Où est ma femme ?
– A Nice.
– J'ai appelé sa mère tout à l'heure, elle m'a dit que non.
– Depuis quand crois-tu ce qu'on te dit ?
– C'est-à-dire...
– Ta femme rentrera dimanche soir.

Ayamei vide son deuxième verre en renversant la tête en arrière.

– Je lui ai conseillé d'aller chez ses parents pour que nous ayons une soirée en tête à tête.
– Comment sais-tu qu'elle rentrera dimanche ?
– Parce que je lui ai dit qu'il fallait te faire peur au lieu de faire des scènes. Ne t'inquiète pas, elle ne divorcera pas. Sans toi, elle n'est rien. Personne ne connaît Marie Vertu mais Marie Matelot... Sans toi, elle ne serait plus invitée aux défilés, conviée aux premières, reçue dans les dîners en ville. Sans toi, elle serait une femme seule avec deux enfants. Elle fréquenterait la société des femmes en quête d'un mari. Elle verrait les années passer et constaterait que les hommes riches et puissants ne s'intéressent qu'aux femmes jeunes et belles. Elle suivrait ton ascension dans les journaux. Elle te verrait en couverture des magazines avec la nouvelle épouse, pourquoi pas une

97

actrice ou une présentatrice de télé. Cette femme serait adulée. Si tu devenais ministre, elle régnerait sur ton ministère. Un jour peut-être, elle serait la première dame de France et voyagerait en avion présidentiel, tandis que Marie Vertu serait toujours en classe économique sur les vols réguliers et vieillirait sans que la France se souvienne de son existence. Elle rentrera ! Je l'ai mise au courant de cette devise de la baronne de La Roc, si appréciée dans la haute société parisienne : « Mieux vaut veuve que divorcée. » Tu l'appelleras chez ses parents et tu lui présenteras tes excuses. Elle te pardonnera.

– Quelle lucidité ! Il n'y a pas plus cynique que toi.

Elle sourit et vide le troisième verre.

– Du réalisme, comme on dit dans le football... Tu n'as jamais hésité à expliquer à ton ministre pourquoi telle réforme est inutile car elle ne plaît pas à son électorat... Enfin, Philippe, tu n'es pas un enfant de chœur. Donne-moi encore un peu de vodka !

Philippe n'a pas d'appétit. Il fait semblant de grignoter.

– Tu as mis ma femme dehors, c'est pour coucher avec moi ?

– Très drôle. Tu es un véritable obsédé sexuel. On s'intéresse à toi, Philippe Matelot ! Ils enquêtent sur les ventes d'armes en Chine. Ils pensent que tu sers de lien entre Pékin et Paris. Ils pensent que grâce à toi ils trouveront une faille qui leur permettra de le prouver. Ecoute-moi une fois pour toutes : il faut être très prudent.

Il panique.

– Qui sont ces gens ? Pourquoi moi ? Pourquoi pas

Simon, le commissaire européen ? Pourquoi pas Hidoux, le premier vendeur d'armes de France, le cousin germain du Président ? Par rapport à eux, je ne suis qu'un homme de l'ombre, un laquais. Comment m'ont-ils trouvé ?

– Comment ils t'ont repéré ? Je ne sais pas encore. En tout cas, tu as une faiblesse qui saute aux yeux !

– C'est-à-dire ?

– Moi !

– Pourquoi toi ?

– Parce que je suis Ayamei. Mon nom ne suffit pas ? Ça ne te dit plus rien, Tianan men, les Droits de l'homme, la dictature communiste en Chine ? Un homme détenant un passeport au nom de Jonathan Julian a emménagé dans mon immeuble. J'ai signalé sa présence à Zuzhi. Ils m'ont demandé de me laisser séduire afin de cerner ses intentions. Il m'a approchée. Il m'a révélé être membre du Mandat terrestre. Sa mission est d'enquêter sur les trafics d'armes. Il voulait m'utiliser pour t'atteindre. Il veut tout savoir : tes réseaux – c'est-à-dire nos réseaux –, ton train de vie, les dossiers qui traînent, les numéros douteux, les banques étrangères, les secrets qui peuvent te faire condamner et déstabiliser le gouvernement français.

– La secte du Mandat terrestre ! En ce moment, ils emmerdent le gouvernement sur le dossier des déchets nucléaires. Que veulent-ils encore ?

– Il faut plutôt me demander ce que nous voulons ! Zuzhi s'intéresse à cette secte américaine infiltrée par la CIA. Ils ont pensé que c'était une occasion unique d'y introduire l'un des nôtres. Je suis devenue l'une des leurs.

Il ricane.

– Toi, agent double ? Moi, la cible et la source ? C'est absurde.

– Ce monde est absurde.

Ayamei vide son quatrième verre de vodka. Philippe s'agite.

– C'est dangereux, vous êtes fous ! Vous allez me perdre. Faites-le partir. Tue-le !

– Impossible. Confucius disait : « Quand les amis se présentent, il faut les accueillir avec joie. » Si ce n'était pas Jonathan Julian, ce serait une autre personne, une autre configuration. Dans notre métier, on préfère le problème identifié à l'incertitude. Sois tranquille, continue à vivre. Pour toi, pour vous, j'irais en enfer...

Il coupe court à son baratin.

– As-tu couché avec lui ?

– Ouais.

– C'était bien ?

– Pas mal. Ils n'allaient pas m'envoyer un coup piteux.

– Tu couches avec le premier venu ! Il y a deux mois, c'était l'ambassadeur Nadet qui pue de la bouche.

– Ça te regarde, ma vie sexuelle ? J'ai baisé avec lui pour qu'il m'invite en Afrique du Sud. Je rêve de voir les girafes et les rhinocéros.

– Tu parles ! Les girafes et les rhinocéros... Vous vendez des armes pourries aux rebelles ivoiriens...

– Vous aussi ! En tout cas, je ne couche plus avec toi. Veux-tu un conseil ? Tais-toi et occupe-toi de ta femme. Elle en a besoin.

Il riposte :

– Ma vie sexuelle n'est pas un problème. C'est la tienne qui me préoccupe. Dis, as-tu joui avec lui ?

– Lequel ? L'ambassadeur ou l'Américain ?

Il prend une voix compatissante.

– Ma pauvre amie, comment peux-tu te prostituer ainsi ?

– La prostitution fait partie de mon métier. Et toi ? Au gouvernement, tu fais pareil, non ?

Inutile de poursuivre la discussion. Dieu est mort et les hommes sont par-delà le bien et le mal. Philippe se tait et se concentre sur sa nourriture. Ayamei jette un coup d'œil sur l'horloge fixée au mur.

– Déjà dix heures !

Elle se lève brusquement et se dirige vers la porte.

– Où vas-tu ?

Elle ne répond pas. Il la suit.

Dans les toilettes, accroupie devant la cuvette, elle introduit ses doigts dans sa bouche. Saisie d'un spasme, elle se met à vomir. De la porte, il la regarde avec dégoût et pitié. Il n'arrive pas à la haïr tout à fait. Pourtant, elle est le cancer de sa vie. Elle est dans sa conscience, dans ses rêves, dans son sperme quand il éjacule.

Il lui tend un paquet de Kleenex.

– Merci... J'ai dit à Jonathan Julian que je ne buvais pas. Allergie à l'alcool.

– Pourquoi ?

– Parce qu'avec lui je suis Ayamei, la pure, la naïve, la rebelle traumatisée.

– Et avec moi ?

Elle lève la tête.

101

– Réjouis-toi, je ne joue pas. Je suis moi-même, hélas.

– Tu vas chez lui maintenant ? C'est pour ça que tu as vomi l'alcool ?

– Non, imbécile. Il faut que je dessaoule et me mette au travail. Nous avons une longue soirée devant nous. Sors ton agenda et ton carnet d'adresses. Prends dans mon sac à main un agenda et un carnet vierges. Ils sont au même format que les tiens. Fais-moi du thé vert, je te prie, pendant que je prends une douche.

Il la suit jusqu'à la salle de bain.

– Que veux-tu faire ?

– Je vais brouiller les pistes. Dresse la liste des hommes que tu détestes... Veux-tu sortir ? Je me déshabille.

Philippe Matelot ne croit pas à l'immortalité de l'âme. Il ne croit pas au Jugement dernier. L'erreur du christianisme, pense-t-il, est de nous faire croire que nous vivons sur terre, alors que nous sommes déjà en enfer.

Il a rencontré Ayamei il y a sept ans à une fête du parti, sous un chapiteau à Vincennes. Dans la foule des militants, ses yeux sont tombés sur elle. Enveloppée d'un imperméable noir, les mains dans les poches, elle se tenait derrière une colonne. Sourcils froncés, visage fermé, elle fixait distraitement la piste de danse. Sa silhouette rigide contrastait avec celles des Français qui se saoulaient au vin blanc et se congratulaient en se tapant sur l'épaule. Il n'aurait jamais dû l'examiner avec tant d'attention. Son regard aurait dû balayer cette forme humaine comme il l'avait déjà fait avec des centaines de milliers d'autres rencontrées au cours de sa carrière politique. Aussitôt vue, aussitôt oubliée, elle n'aurait été qu'un grain de poussière parmi les myriades d'autres suspendus dans l'immensité du monde. Sa vie aurait continué à l'identique et son destin aurait été différent.

Comme elle avait un joli profil, il la regarda jusqu'à

ce qu'elle tourne la tête dans sa direction. Elle le vit et lui sourit. Il s'ennuyait. Rien n'est plus grotesque que ces fêtes électorales où le parti peaufine son image populiste. Il se força à traîner, serra des mains, donna des embrassades, but trois verres, finit une assiette de pâté de campagne avant de filer vers la sortie.

– Philippe, tu t'en vas déjà ?

Il se retourna et vit Jacques Hautbois, député de Seine-et-Marne, militant des Droits de l'homme en Chine, de la cause tibétaine, de celle des Indiens en Amazonie, des réfugiés rwandais.

– Tu ne connais pas Ayamei ?

L'homme s'écarta. Derrière lui, la jeune femme asiatique en imperméable noir.

– Ayamei, je vous présente Philippe Matelot. Il travaille au ministère de l'Industrie et part en Chine la semaine prochaine. Philippe, tu n'as toujours pas reconnu Ayamei ? Enfin, voyons, Tianan men 1989, nous l'avons tous vue à la télé.

– Ah oui, en effet, c'est elle qui s'est cachée pendant deux ans dans les régions reculées de Chine avant de rejoindre Hong Kong à la nage ?

– Oui, c'est elle !

Jacques Hautbois la poussa vers lui. Il lui tendit la main, elle la prit. Pendant qu'ils se saluaient, Jacques Hautbois s'était déjà éclipsé.

Il se sentit obligé de poser au moins une question avant de disparaître à son tour.

– Vous habitez Paris maintenant ?

– Oui.

– Bon, formidable...

– Vous partez la semaine prochaine pour la Chine ?

– J'y vais pour préparer le premier voyage de mon ministre dans votre pays. Enchanté de vous connaître. Et bravo encore... pour avoir choisi la France.

Une lueur de déception traversa les yeux de la jeune femme.

– Vous partez déjà ?

– Oui, je dois travailler sur un dossier, inventa Philippe qui comptait rendre visite à une étudiante japonaise dans sa chambre de bonne avant de rejoindre le domicile conjugal.

– J'y vais aussi. Comme vous, ce genre de fête m'ennuie.

– Comment savez-vous que je m'ennuie ?

Elle sourit sans répondre.

– Vous me déposez ? J'habite près des Invalides.

Philippe trouva un certain charme à ce sourire qui éclaira un instant son front sévère.

– Vous êtes sur mon chemin. Venez.

Le trajet dura vingt minutes. Philippe se souvient qu'à cette époque elle parlait français avec un accent. Il lui posa des questions sur Tianan men, son exil, son installation à Paris. Il se demande encore aujourd'hui quel fut le déclic. Pendant tout le trajet, elle n'enleva pas l'imperméable qui l'enveloppait comme un sac, ni ne relâcha ses cheveux attachés en une queue de cheval ordinaire. Il n'y eut entre eux aucun geste ambigu, aucune parole aguichante, aucun clin d'œil allusif.

Il la conduisit devant chez elle et nota son numéro de téléphone. Il passa chez la Japonaise qui l'attendait en soutien-gorge, jupe écossaise et socquettes d'écolière. Il partit à Pékin. Ce fut son premier voyage en Chine. Son hôtel était à deux cents mètres de Tianan men. Des soldats gardaient le monument de la Libération au pied duquel Ayamei et ses amis avaient fait la grève de la faim. Sur la place, les touristes se promenaient, prenaient des photos, les enfants jouaient avec leurs cerfs-volants.

A Shanghai, les officiels lui montrèrent une Chine en pleine expansion économique. A Chongqing, le dernier soir de son séjour, après un banquet arrosé avec des dignitaires locaux, il erra près de l'hôtel et entra par hasard dans un salon de thé. Il pleuvait ; les lanternes rouges se balançaient dans le vent. La voix d'Ayamei lui revint tout à coup. Elle lui avait dit : « La Chine moderne est née à Tianan men en 1989. Vous pouvez travailler avec mon pays sans culpabilité. Jacques a tort de vouloir sanctionner le gouvernement de Pékin. Il a été purifié par le sang des étudiants. » Ce soir-là il se dit : Pourquoi pas une héroïne de Tianan men, cela changera des Japonaises.

Il lui téléphona une semaine après son retour de Chine. Ils prirent un verre. Elle était venue sans son imperméable, avec ses cheveux longs dans le dos et une robe qui soulignait les lignes attrayantes de sa poitrine. Il l'invita à dîner la semaine suivante. Ils couchèrent le soir même, chez elle, dans son studio avec vue sur la coupole dorée des Invalides.

A cette époque, deux ans après la naissance de Camille, sa première fille, Philippe commençait à avoir du succès auprès des femmes. Après une première escarmouche avec une stagiaire du ministère, il multiplia les infidélités. Philippe était attiré par les filles de vingt ans, inachevées, fougueuses. La Japonaise lui avait fait découvrir la douceur et la perversion des Asiatiques. La rencontre avec Ayamei marqua l'apothéose de cette période de transmutation : l'étudiant timide, l'énarque coincé s'était élevé au jeu du pouvoir et de la virilité.

La Chinoise n'était qu'une aventure érotique parmi d'autres qu'il gérait avec l'exactitude d'un économiste. Il allait chez la réfugiée une fois par semaine. Ils dînaient dans sa cuisine, c'était plus discret et coûtait moins cher que l'emmener au restaurant. Ils allaient au lit aussitôt le repas fini. Au fil du temps, il réussit à limiter l'opération à moins de deux heures, ce qui faisait qu'il rentrait avant minuit et qu'il se glissait près de Marie sans avoir trop à se reprocher. La Chinoise n'était pas la plus délurée de ses conquêtes. Il était content de la voir pour autre chose. Elle avait été persécutée dans son pays puis était arrivée à Paris sans valise ni papiers d'identité. Avec elle, il se sentait fort et bon. Il avait l'impression de faire la charité en lui faisant l'amour et il se disait que cette femme qui avait connu de terribles souffrances méritait l'orgasme prodigué par la terre d'accueil.

Un jour elle le supplia de venir faire une conférence au Cercle des amis de la démocratie en Chine. Il le fit. Au nom de son association, elle lui donna une enveloppe contenant mille euros. Il accepta sans trop se faire prier. Bientôt elle le sollicita pour la préface d'un catalogue d'exposition. Pour ce menu travail, il avait été payé quatre mille euros cash. Ayamei vivait modestement, bien qu'elle avouât que des militants de la diaspora chinoise effectuaient régulièrement des donations à son association. A la soirée d'inauguration de l'exposition, elle lui présenta un homme d'affaires chinois de Hong Kong, un de ses généreux soutiens. Le bonhomme voulait importer des serviettes de bain en France, en deux mois Philippe lui trouva un partenaire. Pour le remercier, le Chinois l'invita à dîner et lui remit une boîte de chocolats dans laquelle il découvrit vingt billets de cinq cents euros. Philippe se donna trois jours pour réfléchir. Marie était dépensière, Juliette allait naître, il avait recouru à un emprunt pour acheter son appartement. A la fin de chaque mois, il ne restait rien de son salaire de fonctionnaire. Pourquoi pas une commission qu'il estimait légitime ? D'autres industriels chinois, militants des Droits de l'homme, défilèrent. Ayamei devenait indispensable pour assurer l'agréable revenu secondaire. Le jour où elle lui révéla qu'en réalité elle travaillait pour le gouvernement de Pékin et qu'elle détenait son numéro de compte au Liechtenstein où les clients avaient versé leurs commissions, Philippe Matelot comprit qu'il était trop tard pour reculer. Il s'était déjà vendu au diable.

Depuis ce jour où elle lui démontra qu'elle le tenait, elle refusa qu'il la touchât et ils cessèrent tout rapport sexuel. Camille n'avait que quatre ans quand Ayamei devint son professeur de chinois et vint garder les deux fillettes quand Philippe et Marie sortaient.

Il était devenu un pion que Pékin poussait sur un vaste échiquier par la main d'Ayamei. Sa connaissance du monde chinois et sa compétence de stratège furent remarquées, le secrétaire d'Etat à l'industrie le présenta au ministre des Finances qui lui confia un dossier d'armement. Dans cette cour des grands, Philippe Matelot s'épanouit. La solitude et la culpabilité du petit voleur disparurent lorsqu'il rejoignit le rang des seigneurs de guerre déguisés en serviteurs d'Etat. Il vendit en secret des armes à la Chine. Les rétrocommissions partagées entre les clans politiques lui firent oublier ses craintes. Son parti gagna les élections, le secrétaire d'Etat à l'industrie devint ministre des Finances. Un an plus tard, il remplaça le Premier ministre démissionnaire après les cent jours de grève des cheminots. Suivant son maître, Philippe déménagea rue de Varenne. Il commença à croire qu'Ayamei était sa bonne étoile.

Après les attentats du 11 septembre, la chute des talibans, la guerre en Irak, le discours dont elle lui rebattait les oreilles lui parut soudain avoir un sens.

La Chine sera la seule puissance capable de défier les Etats-Unis.

Armer la Chine, c'est affaiblir les Etats-Unis.

La France n'existera dans le monde qu'en s'inscrivant dans une histoire d'amour triangulaire avec la Chine et les Etats-Unis.

La Chine est l'avenir de la France.

La Chine est l'avenir de Philippe Matelot.

Philippe Matelot travaille pour l'avenir de la France.

A une heure du matin, Marie Matelot s'excuse de rentrer si tard et demande à Ayamei si elle veut rester dormir dans l'appartement. Comme celle-ci préfère rentrer, Philippe se propose de la raccompagner.

– C'était bien, l'Opéra ? lui dit Ayamei installée à côté de lui dans la voiture.

– Je me suis endormi, pour mieux affronter le dîner de gala, lui répond-il en tournant la clé de contact.

– Ça va mieux avec Marie ?

– Ouais, après l'énorme scène de l'autre jour. Marie est une femme simple. Elle explose puis se calme. Je lui ai juré que les photos et la lettre anonyme étaient un montage de mes adversaires qui veulent me déstabiliser à travers elle.

– Elle t'a cru ?

– Bien sûr, elle n'a pas le choix.

En attendant que la porte du garage s'ouvre, il pose la main sur la cuisse d'Ayamei. Elle la prend et la replace sur le volant.

– Qu'as-tu fait de l'espion du Mandat terrestre ? Qu'as-tu trouvé comme mensonge pour te justifier ? Il a bien vu que tu avais découché, vendredi dernier !

Elle renverse la tête en arrière. Les réverbères jettent

sur son visage des barres de lumière discontinues, elle sourit.

– Je lui ai dit que j'avais couché avec toi.
– Puis-je savoir pourquoi ?

Philippe est agacé de lire une expression de fierté sur son visage.

– Le lendemain de notre soirée, il avait bien évidemment remarqué que je n'étais pas rentrée la veille. Il m'a demandé où j'étais et je lui ai répondu par un regard méprisant. Puis j'ai sorti la caméra vidéo portable qu'il m'avait offerte.

Elle rit.

– Cet homme est un excellent acteur ! Il a levé un peu le menton et m'a fixée de ses grands yeux bleus. Qui pourrait rester insensible à une pareille intensité ? Il m'a balancé un long regard chargé d'appréhension et de douleur qui me suppliait de me taire.

» Bien sûr, je ne lui ai pas fait ce cadeau. Je voulais me faire plaisir. J'ai introduit dans mon regard la dureté et la froideur d'une personne qui venait de commettre un meurtre et lui ai raconté en détail ce qui s'était passé.

– Il ne s'est rien passé...
– Vraiment, tu n'as aucune imagination ! Ta femme avait décidé d'emmener les enfants chez ses parents pour le week-end. En partant, elle m'a demandé de t'attendre car tu avais oublié les clés et tu devais passer les prendre. Cette occasion était parfaite. Espionne débutante, j'étais très lente et mon cœur battait fort. Cet appartement que je connais depuis des années était devenu tout à coup une planète inconnue. Agitée par un sentiment de honte et une étrange excitation,

j'explorais les fleuves de livres, les montagnes de paperasse, les vallées profondes où s'accumulent les vêtements, les photos, les jouets, les cartes postales, les souvenirs. J'espérais y trouver des secrets d'Etat et j'étais tombée sur des secrets personnels...

– Quelle conteuse ! commente Philippe maussade.

– J'étais en train de lire un dossier dans ta chambre quand j'ai entendu la porte d'entrée claquer et des bruits de pas dans l'appartement. J'ai paniqué. La chambre n'a qu'une porte qui donne sur le salon. Je n'avais pas le temps de sortir. Je ne savais pas où me cacher. Que devais-je dire si tu me voyais dans ta chambre ? Je ne sais pas mentir ! Déjà, tu entres dans le salon. Il me semble que tu te diriges vers la chambre. Ma tête tourne. Mon cœur bat si fort que je m'étouffe.

Ayamei se met à rire.

– Alors ? Quelle est la suite ? lui dit froidement Philippe.

– Je bondis. J'enlève ma robe, mon soutien-gorge, ma culotte. J'ai fait un tel bruit que, de l'autre côté de la porte, tu as appelé Marie. Je n'ai pas répondu. Tu as poussé la porte. J'étais nue, allongée au milieu du lit, les mains sur le ventre et le trousseau de clés entre les seins. Tu t'es écrié : « Que faites-vous ? » « Vous cherchez les clés ? Approchez ! »

– Pas mal, je m'y vois.

– Je lui ai épargné la suite. Non par bonté, mais par respect de la pudeur dont Ayamei est supposée être dépositaire. Tu es sorti pour un dîner. J'ai photographié ton agenda. Tu es revenu. A deux heures du matin, j'ai trouvé dans la poche de ta veste un petit carnet. Je l'ai photographié dans les toilettes... Il m'a écoutée.

Je gardais mon visage aussi sombre que possible. Pendant qu'il restait silencieux, je me suis mise à imaginer mes réactions si j'étais à sa place. Feindre la souffrance pour montrer à la femme qu'il tient à elle ? Simuler la tristesse et la résignation d'un homme trahi, meurtri par sa propre initiative ? Exercice difficile qui requiert de la subtilité et de l'intelligence, car à aucun moment il ne faut culpabiliser ni brusquer la femme qui risque de se rétracter. Un chaleureux encouragement ? Une approbation contrariée ? On ne doit pas ressembler à un maquereau qui a mis une femme sur le trottoir ! J'attendais avec impatience son improvisation...

Philippe l'interrompt :

– Pourquoi voulais-tu à tout prix le rendre jaloux ?

– Moi ?

– Tu aurais pu tricoter un mensonge plus simple. Toi, si froide, si implacable, championne des figures simples et efficaces, pourquoi te lancer dans la construction d'un labyrinthe ?

– Parce que...

Elle tourne son visage vers la vitre.

– Pour mieux infiltrer son organisation, pour mieux me servir de lui et longtemps il faut qu'il soit amoureux de moi. Il faut qu'il en devienne sourd et aveugle.

– Lui, amoureux de toi ?

Philippe éclate de rire.

– Tu oublies qu'il est lui aussi un instrument. Si, comme toi et tes maîtres le pensez, il est envoyé par la CIA, c'est un joueur d'échecs qui lit le monde à travers les mathématiques. Tomber amoureux ? Tu te fais des idées...

Elle se fâche.

– Que sais-tu des espions ? Sais-tu où se trouve leur faiblesse ?

Elle désigne le côté gauche de sa poitrine.

– Là ! Comme pour toi, comme pour Marie, comme pour tous les hommes et femmes de la terre. C'est là qu'existe un coffre-fort plus ou moins sophistiqué. Un technicien de haut vol saurait découvrir la combinaison de tous les modèles.

– Tu veux dire que tu serais meilleure technicienne que lui ? Tu ne m'as pas encore raconté la suite. Comment a-t-il réagi à ton mensonge ?

Après une brève réflexion, elle dit :

– Très fort, bien joué. Très fort !

Elle baisse la vitre et laisse le vent souffler sur ses cheveux.

– Il a gardé un long silence, puis il a plongé son regard dans le mien tandis que je soutenais cet examen de conscience sans ciller. Sais-tu ce qu'il a dit ? « L'amour universel est à l'opposé de l'amour exclusif. Il est fondé sur l'équilibre entre donner et recevoir, prendre et offrir. Tu as volé Philippe Matelot, en échange de quoi tu lui as offert quelques heures de plaisir. C'était un acte d'autant plus juste qu'il a été accompli dans la spontanéité sans recours à l'ego. Bravo ! »

– Il est fou !

– Inouï, en effet. Je me suis même demandé si ce n'était pas un espion. Pour éclaircir la situation, j'ai feint la détresse : « J'ai couché avec lui pour toi. J'ai fait l'amour avec lui en pensant à nous. Je suis désolée. Excuse-moi ! »

Eprouvant une vive aigreur, Philippe grogne :

– J'espère qu'il n'est pas trop humilié.
– Il m'a demandé si j'avais éprouvé du plaisir.
– Non ! Bien sûr.
– Oui, un peu.
– Il t'a crue ?
– « C'est très bien, continue », m'a-t-il répondu. Philippe exulte.
– Tu vois bien qu'il n'est pas amoureux de toi.
– Il a mis sa main sur la mienne et m'a dit : « Ton corps n'est pas encore réceptif. Je t'aiderai à travailler davantage son ouverture. Nous ne sommes que des instruments de la Vérité suprême. Quand tu comprendras cela, tu seras délivrée de Tianan men. »
– Du charabia !
– Soudain, j'ai eu l'impression que Zuzhi s'était trompé, qu'on avait affaire à un simple allumé de la secte du Mandat terrestre. J'ai décidé de le brusquer. Je lui ai lancé, avec une expression de petite fille et une voix naïve : « Atteindras-tu un jour le plus haut niveau de la Vérité pour t'affranchir du Mandat terrestre ? » Là, j'ai vu anguille sous roche. Il a hésité puis il m'a souri : « Tu réfléchis trop. Il faut écouter ton cœur et non ta tête. »

Ayamei rit.

– Pourquoi a-t-il hésité ? Un véritable adepte aurait répondu que le Mandat terrestre n'est pas une prison. C'est la liberté. Tu vois bien que cet Américain n'a pas la foi. Mais c'est tout de même un adversaire redoutable. Je vais m'amuser ! Dans cette compétition, le plus endurant et le plus intelligent de nous deux emportera la victoire.

– Tout ce jeu n'est qu'un film inventé par toi seule.

Ce type est venu pour te détruire et tu penses qu'il va te distraire et t'aimer ! Tu es folle.

– Tu m'as vue faire des folies ? Je sais ce que je fais.

– Tout cela est une projection de tes fantasmes. A force de te fourrer dans les coups tordus télécommandés par tes maîtres, tu as un torticolis de l'esprit. Tu es seule. Ta solitude te ronge. Tu couches avec n'importe qui pour arracher une information. Quand tu rencontres un funambule, un fou, un mort vivant qui joue avec les hommes et qui te baise pour te manipuler, tu es attirée par lui comme par ton propre reflet dans un miroir. A quoi cela peut-il servir ? Il ignore qui tu es. Tu sais qui il est. C'est toi qui le fais danser. Pourquoi te lancer dans une compétition que tu as déjà gagnée ?

– Tu peux me déposer au feu rouge. Je n'ai que la rue à traverser.

– Pourquoi ne réponds-tu pas à ma question ?

– Tu es jaloux de lui.

– Moi ? Et pourquoi pas du pauvre Nadet exilé en Afrique du Sud ?

Elle ne répond pas et pousse la portière.

Il la retient.

– Je ne suis jamais venu chez toi depuis que tu as déménagé. C'est comment là-haut ? Un nid douillet ?

– Tu viendras un jour visiter mon « nid d'amour ». Au revoir ! Merci de m'avoir raccompagnée.

Elle s'élance hors de la voiture.

Réfugiée politique, elle a été son jouet. Devenue son officier traitant, elle s'est changée en tortionnaire. Elle est la plus proche et la plus lointaine de toutes ces personnes qui meublent sa vie. Il ne sait pas comment elle a été récupérée par le parti communiste, quand elle est devenue leur agent. Il ne sait pas ce qu'elle aime comme parfum, comme couleur, comme lieu de vacances. Il ne lui a jamais fait de cadeau, ils n'ont jamais voyagé ensemble. Qui sont ses écrivains préférés ? Quand est-elle allée au cinéma la dernière fois ? Il ne l'a jamais entendue parler de ses croyances, de ses craintes, de ses espoirs. Ils ont cohabité dans le même monde, ils marchent sur la même voie sans jamais se regarder.

Philippe fait le tour du Luxembourg et remonte le boulevard Saint-Michel. L'immeuble d'Ayamei apparaît et grandit dans son champ de vision. Il ne sait même pas à quel étage elle habite. Il a aussi oublié de lui demander l'étage de cet inconnu avec qui elle joue à l'amour. Lui, l'ennemi, saura quel est son parfum préféré et qui sont ses auteurs favoris. Il l'emmènera au cinéma et lui offrira une glace.

En proie à son tourment, Philippe s'enfonce dans les ténèbres.

Le soir du réveillon 1990, Philippe était invité à trois fêtes. A une heure du matin, il arriva chez l'ami d'un ami d'un ami qui habitait près de la Sorbonne. La porte s'ouvrit. Il découvrit une foule d'étudiants ivres dans une chambre de bonne. La musique était assourdissante. Il ne connaissait personne. Il voulut repartir. Une fille lui passa un verre, une autre lui versa du vin. Il dansa, il eut chaud et à la fenêtre il vit un garçon grimper à une échelle extérieure. Il le suivit. Sur les toits, un groupe d'étudiants grelottait dans le froid. Une bouteille et un joint circulaient. Il s'assit contre la cheminée. Il aurait pu se mettre ailleurs, c'était là qu'il avait décidé de s'installer. Et c'était là qu'une carrière politique l'attendait.

A côté de lui, une fille se présenta. Elle s'appelait Marie Vertu. Elle était étudiante en lettres modernes à l'Institut catholique de Paris. Elle n'avait pas un physique désagréable. Elle avait surtout, à l'époque, l'avantage d'être la fille du chauffeur du Président en exercice, lequel fut un temps l'amant de sa mère. Philippe et Marie se marièrent un an plus tard. Cette union conduisit Philippe, qui n'avait aucun réseau, au cœur du cénacle politique. Jeune espoir du parti au pouvoir, il avait grimpé rapidement les échelons.

Avec le temps, comme nombre de femmes qui épousent un homme appelé à un destin, Marie s'est enlaidie au fur à mesure que Philippe a pris de la carrure. L'écart s'est creusé entre le mari et la femme. Il est resté mince, elle a grossi. Il est charmeur, elle est renfrognée. Il est énergique, elle est molle. Il est élégant dans ses costumes sombres assortis de cravates aux couleurs unies, elle porte des tailleurs aux couleurs criardes et des chaussures plates. Il paraît avoir cinq ans de moins qu'elle et ressemble à un Parisien de souche. Elle ne se débarrasse pas de son allure de provinciale.

A trente-huit ans, Philippe navigue avec aisance dans le monde, vaste aquarium où les jolis poissons rouges – baronnes, héritières, présentatrices de télé, femmes de lettres – frétillent autour des requins. Flatté de pouvoir les accoster dans les dîners, il est pourtant heureux de retrouver sa femme le soir. Marie sait d'où il vient. Marie a partagé ses hauts et ses bas. Marie ressemble à une sicav monétaire, qui ne rapporte rien mais ne se dévalue pas.

Philippe envie ces excentriques qui ne portent point d'alliance. Son doigt cerclé fait honte à sa main, témoin de sa faiblesse, de son renoncement. Marie est cette prison qu'il a choisi d'habiter. Elle est la mère de sa progéniture, sa bonne, son infirmière, son souffre-douleur. Marie l'a entendu hurler et gémir. Elle rentre dans la salle de bain quand il se brosse les dents et pense à son avenir politique. Elle connaît le sens de ses tics, le secret de ses expressions. Devant elle, il est en pantoufles et slip, fatigué et brutal. Depuis longtemps, il a accepté que Marie soit sa moitié. Il l'aime de cet amour qu'il se réserve à lui-même : indulgence, mépris, pitié et désespoir.

Les femmes s'agrippent à leur sac à main quand elles sortent, Philippe s'appuie sur Marie pour avancer dans la vie, fût-elle une canne courte et démodée.

Sur le balcon du cinquième étage, Philippe Matelot examine le Luxembourg. Il n'aime pas ce jardin sans mystère, composé d'allées larges et d'un bassin circulaire. Il n'apprécie ni sa froideur géométrique, ni son élégance forcée, ni le président Labelle, l'heureux maître du Sénat, qui, au lieu de cultiver ses parterres et de s'occuper de son musée, intervient activement dans la vie politique malgré ses honorables quatre-vingt-huit ans. Doyen du parti conservateur, il complote dans son palais et critique les réformes engagées par le Premier ministre.

– Alors, comment trouves-tu la vue ?

– Très belle. Tu te rends compte que je ne suis pas venu une seule fois depuis ton déménagement ? Ça fait trois ans !

– Quatre. Viens, rentre. Tu as peu de temps et nous sommes supposés coucher ensemble. As-tu apporté le document que je t'ai demandé ?

– Il est dans ma serviette.

– Montre. C'est parfait ! C'est exactement ce que je voulais. Voilà ce qui se passe : tu as une réunion à dix-neuf heures et tu es arrivé chez moi à dix-sept heures trente. Nous avons fait l'amour. Tu as pris une douche. J'ai fouillé dans ta serviette et je suis tombée sur ce document. Je l'ai photographié puis l'ai remis à sa place. Tu as quitté l'appartement à dix-huit heures vingt sans t'apercevoir de rien. Ça te plaît, mon scénario ?

– Ouais.

– Maintenant, un peu de musique pour que les voisins ne soient pas dérangés par nos cris de volupté !

Ayamei met des chansons chinoises. Elle prend des photos avec son portable. Il sort de sa poche un paquet de cigarettes.

– Tu fumes, maintenant ?

– Je m'y suis remis.

– Tiens, range le papier dans ta serviette, merci de prendre un bol dans la cuisine. Je n'ai pas de cendrier.

Philippe se traîne dans la cuisine. Lorsqu'il revient, il s'aperçoit qu'Ayamei est en train de défaire le lit. Puis elle disparaît dans la salle de bain où elle fait couler la douche.

– N'oublie pas de mouiller la serviette, lui dit Philippe, appuyé contre le chambranle.

– J'y avais pensé !

– A quelle heure va-t-il venir contrôler ?

– Ce n'est pas ton problème, répond-elle.

Devant le miroir, elle introduit la main dans ses cheveux et les secoue. Il lui lance un regard mauvais.

– Tu ne ressembles pas à une femme qui vient de faire l'amour.

– Je me fais la tête d'une femme frustrée. Tu ne te souviens pas ? A l'époque, quand nous étions « amants », tu passais chez moi avant de prendre le train ou après être descendu d'un avion. Tu tirais ton

122

coup sans éjaculer. Ton record : trente-trois minutes douche comprise.

Il rougit et se défend.

– De toute façon, tu couchais avec moi par intérêt. Ça t'a arrangée de ne pas être importunée plus longtemps.

Il jette le mégot dans les toilettes.

– Ne tire pas la chasse ! s'écrie-t-elle.

Il soupire et remet une cigarette entre ses lèvres.

– Viens, on va au salon. Tu as encore un peu de temps.

Philippe se laisse choir dans le divan chinois.

– Tu veux un verre d'eau ou du thé ? Désolée, ici je n'ai pas d'alcool.

– Non, merci. Rien.

Elle s'installe en face de lui, dans le fauteuil.

Le disque continue à grésiller. C'est le jazz des années trente à Shanghai.

– Dis-lui qu'on a aussi fait l'amour sur ta moquette.
– Je vais voir.

Ils se taisent à nouveau. Après un long silence, il se risque :

– Pourquoi travailles-tu pour Pékin ?

Elle fronce les sourcils.

– Pourquoi me le demandes-tu maintenant ?

– Tu trouves normal que je ne te le demande que maintenant ?

Elle regarde sa montre.

– Je ne veux pas parler politique. Nous avons encore neuf minutes. Pose-moi d'autres questions.

Il soupire.

– As-tu déjà pensé à ce que tu aimerais faire si tu ne pratiquais pas ce métier ?

– Tu veux dire : si je n'étais pas née à Tianan men ? Si je n'étais pas Ayamei ? Trop tard pour y réfléchir. Je suis Ayamei, c'est tout. Il te reste huit minutes.

– As-tu pensé à prendre ta retraite ? Je veux dire : peux-tu prendre ta retraite ?

– Je me ferai descendre dans la rue. Ce sera une retraite anticipée.

– As-tu peur de mourir ?

– Tu me poses trop de questions, Philippe.

– As-tu aimé quelqu'un dans ta vie ?

Elle le toise.

– Est-ce les services secrets français qui t'envoient pour me démasquer ? dit-elle en se levant.

Sans demander l'autorisation, elle se met à le fouiller.

Philippe se débat.

– Que fais-tu ?

– Je vérifie.

– Enfin, Ayamei, tu es devenue paranoïaque. Je n'ai rien. Je travaille pour toi !

– Mieux vaut être paranoïaque que trahie, répond-elle.

N'ayant rien trouvé, elle se rassoit dans le fauteuil.

– Il faut te faire soigner, prononce Philippe après un instant de silence.

Elle jette à nouveau un coup d'œil furtif à sa montre. Il croit qu'elle va le mettre à la porte, mais elle lui dit :

– Oui, j'ai aimé quelqu'un dans ma vie.

– Qui ?

– Toi ! Quand je t'ai vu la première fois sous ce

chapiteau, j'ai été attirée par ton regard. Il y avait une flamme qui m'a fait penser à Julien Sorel, à Rubempré, à Rastignac qui m'a inspiré un élan romantique. Tu voulais exister. J'ai pris la décision de te conduire vers cette existence. La lettre anonyme envoyée au juge pour dénoncer les irrégularités de la villa de l'ancien ministre des Finances en Corse, le rival de ton patron, qui était-ce ? Moi ! Les photos de Michel Dorade prises en Thaïlande en compagnie de petits garçons ? Moi encore ! Si ce n'est pas de l'amour, c'est quoi ?

Impossible de dialoguer. Philippe se résigne. Il la laisse énumérer ses dettes. Elle a sûrement fait l'amour dans cet appartement avec l'agent de la CIA. Mais où ? Sur le lit sans doute mais il y a aussi le fauteuil, le divan chinois, la table de la cuisine. Pourquoi pas sous la douche après s'être roulés par terre ? Puis ils ont continué : elle, les bras agrippant le lavabo, et lui la prenant par-derrière, tous deux se regardant dans le miroir...

Est-il un meilleur coup que lui ? En tout cas, elle a changé. Il y a du pétillement dans ses yeux. Cette créature, qui était tout en rigidité et opiniâtreté, s'est réconciliée avec la féminité. Tiens, elle s'habille en rose maintenant. Ce n'est pas prévu dans le règlement ! La geôlière doit être fidèle à son prisonnier. Elle n'a pas le droit de s'élever vers le paradis avec un espion tandis que Philippe descend aux enfers avec sa femme. Ce n'est pas normal. Il y a un problème !

Elle a peut-être déjà été retournée par l'Amerloque ! A quoi servent ces documents falsifiés ? Vont-ils alimenter un complot américain pour compromettre les Français ? Ou bien les Chinois veulent-ils intoxiquer les Américains ? Ou cherchant à détourner l'attention des Français, Chinois et Américains sont-ils déjà associés ? Pour quel objectif ? A quoi joue l'espionne ? Avec qui ? Contre qui ?

La voix d'Ayamei interrompt Philippe dans sa réflexion.

– C'est l'heure. Tu dois y aller.

En silence, il ramasse sa serviette et se dirige vers la porte.

– Tu ne me dis pas au revoir ?

Il pivote.

– Il habite à quel étage ?

– Au revoir, Philippe.

La porte se ferme.

Dans une vie antérieure, Philippe Matelot s'appelait Gilbert Turbot. Son père, Claude Turbot, tenait une poissonnerie sur le port de Saint-Tropez.

Dans cette vie antérieure, quand l'été commençait, les volets étaient fermés dès le matin pour préserver la fraîcheur de l'appartement aux murs lézardés et aux chaises grinçantes. Hauts étaient les plafonds et étroits les lits en fer forgé. On noyait les morceaux de morue dans le réservoir d'eau du W.-C. et on les dessalait chaque fois qu'on tirait la chasse d'eau. Des pièges à souris traînaient sous les meubles. Dans la cuisine, seules brillaient les casseroles de cuivre. Habillé d'une vareuse, le petit Gilbert faisait ses devoirs sur la table ronde décorée d'un vase posé sur un napperon blanc en crochet. Après s'être assuré que ses parents servaient à la poissonnerie, il allait écarter les volets. Par cette fente, il voyait venir de l'horizon des voiliers et des blondes aux seins nus. Muni de ses jumelles de scout, il s'échappait par la fenêtre, volait avec les mouettes, se posait sur les mâts, puis se promenait sur les bras, sur les fesses et sur les mamelles de bronze. L'hiver revenait. Son père somnolait derrière le comptoir et sa mère, bigoudis sur la tête, gauloise au bec, jouait aux tarots dans le café voisin. Les volets étaient ouverts mais le quai désert. Le mistral soufflait sur une mer furieuse qui jetait les pointus contre le ciel.

Adolescent, grâce à un camarade de classe, fils d'un médecin généraliste, Philippe courait les fêtes blanches. Cheveux gominés, col de chemise ouvert, il fumait, jouait le beau ténébreux et n'osait s'éloigner de son petit groupe de copains. A minuit, les feux d'artifice éclataient au-dessus du golfe, les bouchons de champagne sautaient et les filles plongeaient dans la piscine tout habillées. Ces nuits auraient pu se ressembler si Eliette n'était apparue. Elle était venue vers lui sans qu'il comprît comment ni pourquoi. Elle lui demanda une cigarette et ils se mirent à parler comme s'ils se connaissaient depuis toujours. Elle lui avoua que c'étaient ses premières vacances à Saint-Tropez. Il lui répondit qu'il connaissait le pays par cœur. Elle s'ennuyait dans sa villa et il lui donna rendez-vous pour le lendemain, place des Lices, afin de lui apprendre à jouer à la pétanque.

Ce jour-là, elle portait une robe bleue en coton parsemée d'œillets minuscules, un chapeau de paille orné d'un bouquet de roses séchées et une paire de sandales en toile bleue à rayures. Le soleil de l'après-midi jetait ses rayons sur les arbres et les ombres papillonnaient sur le terrain de boules. Quand Eliette lançait, elle pliait les genoux, ouvrait la bouche et tirait la langue. Le cœur du jeune Gilbert battait la chamade. Il n'avait jamais vu de chevilles aussi fines, de poignets aussi dorés, un minois aussi adorable. Il ne s'était jamais tenu seul si près d'une fille et il imita les séducteurs expérimentés de Cinecittà. Il lui offrit une menthe à l'eau, une glace à la vanille et l'invita à la pêche sur son pointu. Elle riait de son accent du Midi, mais ses yeux noisette le regardaient avec admiration. Il lui arracha un nouveau rendez-vous le lendemain et, soudain, il l'entendit lui demander ce que faisait son père. Il hésita entre le mensonge et la vérité, et préféra la facilité de l'aveu. Un chauffeur était venu la chercher. Elle monta dans la voiture et agita sa main derrière la vitre. Le lendemain, elle n'était pas au rendez-vous. Trois jours plus tard, il l'aperçut de loin dans une fête parlant avec un garçon. Il passa près d'elle. Elle tourna gracieusement le dos et ne le vit pas. Eliette de Landeverte venait de changer le destin de Gilbert Turbot.

Il avait compris que la vérité rend les faibles plus faibles. Il cessa de courir les fêtes. Après être monté à Paris pour ses études, il ne retourna plus à Saint-Tropez. Ses parents prirent leur retraite et s'installèrent à Draguignan. Quand il entra à l'ENA, il entama une procédure et prit le nom de sa mère.

Devenu Philippe Matelot, il passe ses vacances en Bretagne, en dépit de la brume et de la pluie. Il a exilé le pointu aux confins de sa mémoire et apprend la voile à ses filles. Invité par de riches amis, il est retourné à Saint-Tropez en tant que conseiller économique du Premier ministre. Dans les rues, personne ne le reconnaissait et il n'a pas reconnu le pays. Bijoutiers, boutiques de fringues, magasins de décoration intérieure ont chassé pâtisseries, boucheries et cordonneries. La poissonnerie paternelle a disparu. A la place, des rangées de minijupes, tee-shirts, écharpes bleu-blanc des supporteurs de l'OM.

Il revit Eliette dans un dîner et ne l'identifia que

grâce à l'étiquette posée près de son verre à vin. Il lui fit deux doigts de cour. Elle lui expliqua qu'elle venait de quitter son mari. Elle souriait en forçant ses lèvres siliconées. Au café, elle lui glissa son téléphone. Le lendemain, il la rejoignit à son hôtel pour prendre un verre et monta dans sa chambre afin de jeter un coup d'œil sur son ordinateur portable qui était tombé en panne.

Ayamei s'était trompée en disant qu'il avait la rage de réussir. Il était seulement hanté par la fureur de la revanche. Cette fureur apaisée, il continuait pourtant à conquérir les sommets, à manipuler et être manipulé. C'était devenu une habitude.

Philippe Matelot compose le code d'entrée et pousse la porte. Le hall est silencieux et sombre comme un caveau.

Dans l'ascenseur, Philippe se regarde dans le miroir et arrange ses cheveux.

Qui est Ayamei ? s'interroge-t-il.

Dissimulé derrière son regard dur et son sourire factice, quel est son vrai visage ?

Que voit-elle dans ce même miroir : une victime, un monstre, une folle ?

Eprouve-t-elle le regret, le chagrin, la joie ?

Quel est son cauchemar le plus horrible ?

Quand pleure-t-elle ? A-t-elle déjà pleuré ?

A-t-elle connu ce dégoût de soi, cette envie de labourer la chair afin d'en extirper l'âme ?

Déteste-t-elle son corps de prostituée, de femme stérile ?

A-t-elle songé qui elle voudrait être si elle n'était Ayamei ?

Dans la rue, a-t-elle observé les femmes qui font des courses, promènent chiens et enfants, et mènent une existence tranquille ?

A-t-elle remarqué qu'au Luxembourg, chaque jour,

des hommes rencontrent des femmes ? Ils se plaisent, s'accouplent, se marient puis procréent.

A-t-elle vu qu'à la télévision, on parle de choses qui n'ont rien à voir avec elle : inondations, incendies, procès, mariages princiers, élection du pape ? Un événement chasse l'autre. Se prend-elle au sérieux ? Comment peut-on se prendre au sérieux ?

Sait-elle que rire exprime la joie ? Pleurer soulage le chagrin ? Elle lui a dit qu'elle haïssait le sommeil car il la désarme et la rend vulnérable. Combien a-t-elle connu de nuits paisibles ?

Que pense-t-elle de la mort, cette désagréable perte de contrôle ?

A présent, deux espions habitent le même immeuble. La Chinoise dort au-dessus de l'Américain. Leurs rêves flottent l'un sur l'autre. Un escalier aux rampes de bronze relie leurs vies comme un cordon ombilical. Est-il amoureux ? Est-elle amoureuse ? Si tel est le cas, elle est perdue. Si elle est perdue, il faut que Philippe s'arrange pour ne pas être entraîné dans sa chute.

Mais peut-elle être amoureuse ? Des mots comme Dieu, amour, bonté, ne sont-ils pas inventions des hommes qui cherchent à asservir leurs semblables ? Dieu, s'il existe, ne peut être qu'énergie diffuse, champ magnétique par-delà la vérité et le mensonge. S'il existait, il ne s'occuperait ni des hommes, ni des animaux, ni des étoiles. Dieu est. Il nous laisse dans la folie de nos illusions : on hait quand on croit aimer, on fait du mal quand on fait le bien, on dit la vérité alors qu'on ment, on souffre alors qu'on jouit.

La porte de l'ascenseur s'écarte. Philippe respire puis sonne.

– Bonjour !

Ayamei apparaît dans la lumière de l'après-midi. Elle porte une chemise fuchsia dont le large décolleté dévoile la moitié de ses seins. Elle resplendit. Il l'embrasse sur la joue et s'abstient de regarder sa poitrine. Il se dirige vers le balcon.

– Donne-moi quelque chose à boire. J'ai soif.

La voix d'Ayamei résonne :

– Tu veux quoi ?

– De l'eau. C'est tout ce qu'il y a chez toi.

– Veux-tu un Coca ? J'en ai acheté un pack.

Le regard de Philippe balaie le Luxembourg et s'arrête sur le Sénat. Le président Labelle a encore ouvert le feu sur le Premier ministre dans le journal de ce matin.

– A quoi penses-tu ? Voici ton verre de Coca.

– Rien, j'admire le paysage.

Elle se glisse à côté de lui.

– C'est beau, n'est-ce pas ?

– Ouais...

La voix d'Ayamei devient à peine audible :

– Ne te retourne pas. Parle doucement en continuant à contempler le Luxembourg. Jonathan a installé une caméra dans la chambre.

– Quoi ?

– Ne bouge surtout pas. Bois et calme-toi. Tiens, regarde, là-bas c'est la faculté de médecine. Là-bas, c'est la tour Montparnasse...

Ayamei a levé le bras et sa main décrit lentement un demi-cercle.

– Jonathan veut nous filmer. Il faut le comprendre,

c'est une procédure de routine. Ça nous permet de reprendre nos ébats. Tu devrais être content.

– Je ne peux pas, répond Philippe sèchement. Je ne veux pas être filmé à poil, je ne veux pas lui offrir un argument de chantage. Je ne peux pas baiser devant une caméra. Ce que tu me demandes est impossible.

– Nous avons déjà baisé devant une caméra, souffle Ayamei. Quand tu venais dans mon studio aux Invalides...

Philippe tourne la tête et la toise. Elle s'élance et l'embrasse. Elle lui murmure à l'oreille :

– Il faut qu'il nous voie en action pour être convaincu de notre montage. Inutile de discuter. Ton effort sera récompensé. Une lettre de dénonciation sera envoyée au juge Vaneau. Tu ne voulais pas voir ton vieil ennemi, Jacques de Vallière, mis en examen dans une affaire d'emploi fictif ? Viens, déshabille-toi. Dépêche-toi.

Insupportable lumière !

Philippe voit ses jambes se balancer et les muscles de son bas-ventre se contracter. Il sent la sueur courir sur son torse. Il lit sur le visage d'Ayamei un sourire extatique. Elle triomphe. Elle démontre ce pouvoir absolu de la femme sur l'homme. Elle le fait bander et débander. Elle achète son âme et revend son corps. Elle l'excite et l'humilie, le porte aux cieux tout en le plongeant aux enfers. Que peut-elle penser, ici et maintenant, cuisses écartées, bras en croix, tête renversée ? Quelles sont les réjouissances machiavéliques qui bouillonnent dans son crâne garni de cheveux ? Et son visage, cousu de tissus, os, nerfs, muscles, pourquoi a-t-il souri ?

– Mets-toi à genoux, ordonne-t-il pour se venger de ce sourire.

Elle obéit sans contester.

Il ferme les yeux. Ayamei n'est qu'une paire de fesses, une croupe qu'il tient entre ses mains, une femelle mise à la saillie. Elle n'est qu'une sensation. Ce monde n'est que sensations : dégoût, fatigue, chaud, froid...

Où l'Américain a-t-il planqué la caméra ? Il imagine son propre visage sur un grand écran, son menton luisant de salive, ses brames de cerf en rut, ses soupirs de cochon. Cette vision lui donne envie de fuir. Mais où fuir ? Son âme est clouée à son corps, il est enchaîné à lui-même. Il doit bouger bras et jambes. Etre là et jouir.

Les animaux baisent pour procréer, pourquoi les hommes se mettent-ils dans un lit avec des contraceptifs ? Pourquoi cette acrobatie, ces bruits inutiles si ce n'est pour la perpétuation de l'espèce ? Combien d'humains copulent-ils en ce moment sur la planète ? Combien parmi eux y a-t-il d'homos, de pédophiles, de sadomasos, d'attouchements buccogénitaux, de pénétrations par godemiché ?

D'un geste autoritaire, Philippe immobilise la hanche d'Ayamei. Il faut qu'il se concentre ou il va débander. Elle se retourne, glisse sur le dos et soulève les jambes. Il accélère ses mouvements mais l'intensité ne vient pas. Il n'a pas assez de conviction pour conclure. Pourtant il ne veut pas se montrer faible devant d'autres hommes qui le défient par vagin interposé. Heureusement, Philippe a conservé la ligne. C'est l'avantage d'habiter à Neuilly, près du bois de Boulogne, et d'avoir installé, en dépit des protestations de Marie, un vélo dans la chambre. Il peut encore exhiber un buste sans bedaine malgré les petits déjeuners au ministère, les déjeuners arrosés et les dîners mondains. La vie d'un homme politique est l'histoire d'une boulimie. C'est pourquoi Philippe est obsédé par son poids. Il monte sur la balance deux fois par jour. Il pédale et court pour brûler ses graisses et le regret d'avoir dévoré. Marie lui reproche de n'aimer que son apparence. Or, engraisser c'est vieillir. C'est ressembler à son ministre, un triple menton derrière un nœud de cravate et une grosse main tachetée brandissant un cigare. Ne plus bander dur, ne plus éjaculer avec force. Vieillir, c'est pire que mourir.

Il lui lance :
– Viens sur moi.
Elle fait un signe de tête.

Il s'allonge, écarte légèrement ses jambes et laisse retomber ses bras. Les pieds d'Ayamei lui glacent les flancs. Elle jette autour d'elle un regard ravi avant de plier ses genoux et de s'asseoir sur lui. Il ferme les yeux. La muqueuse l'enveloppe et le tord. Il pousse des râles et feint le ravissement. Il a mal à la bite, mais fait comme s'il était transporté par l'excitation. Il soulève les paupières et entrevoit des gouttes de sueur sur le front d'Ayamei. Visage cramoisi, cheveux en bataille, elle se mord la lèvre inférieure et sautille sur lui.

– Plus vite ! crie-t-il.

Elle accélère son mouvement. Il ouvre la bouche, agite la tête de gauche et de droite. Ses cris se changent en halètements.

– Baise-moi, salope ! Plus vite ! C'est bon ! Ah ! Ah !

Ignorant qu'il l'épie derrière ses paupières mi-closes, elle tourne la tête et sourit à une calligraphie chinoise accrochée au mur. Ses lèvres s'étirent et dévoilent des dents fines. Ivre d'aigreur, il lui donne une lourde tape sur les fesses.

– Vas-y ! Plus vite ! On va jouir ensemble. Tu viens déjà ? Je viens ! J'y suis ! Ah !

Il pousse un long hurlement.

Elle s'affale sur lui, croyant qu'il a joui.

Il est abasourdi. De toute sa vie passée, il n'a jamais osé crier ainsi.

Le cri l'a vidé et il se sent libéré.

Crier, c'est mieux que jouir.

Place Saint-Sulpice. Les premières chaleurs de l'été ont défeuillé les femmes. Au Café de la Mairie, Philippe traverse le brouhaha des conversations et la fumée des cigarettes pour gagner l'étroit escalier à gauche des toilettes. Il gravit les marches abruptes.

Premier étage, pas un bruit, personne. A la fenêtre, le feuillage touffu d'un vieux marronnier et l'église.

Elle arrive en retard. Elle porte une robe en mousseline verte. Elle se laisse choir sur la banquette.

– On sera tranquilles, aujourd'hui.

Il la complimente, manie des hommes politiques.

– Tu es belle. Tu as une jolie robe.

– Elle te plaît ? Depuis que je suis adepte du Mandat terrestre, je dois porter chaque jour une couleur différente, selon un ordre prescrit. En une semaine, je suis les sept couleurs de l'arc-en-ciel.

– Ah bon ?

– Tu ne trouves pas que ça m'a fait du bien ?

– Oui et non.

– Enfin, Philippe, depuis que tu me connais, j'ai toujours été habillée en noir. La seule exception était le rouge. Jamais de bleu, de vert, d'orange, de jaune.

Maintenant je me sens moins sombre, plus ouverte au monde.

– Peut-être... Je ne me souviens pas...

– Bien sûr, tu ne t'en souviens pas. Pour toi les femmes sont des meubles dans une salle de réception. Les unes servent à s'asseoir, les autres à recueillir les cendres des cigarettes ou à porter des magazines et des journaux. As-tu jamais regardé le mobilier de la rue de Varenne ?

– Tu me fais un procès ?

– C'est pour te dire que les trucs du Mandat terrestre sont superbes. J'ai presque envie de t'y convertir. Tu t'es regardé dans un miroir, Philippe ? Ça fait des années que tu traînes un visage crispé, un regard méprisant, un sourire narquois. Tu étais bel homme quand je t'ai rencontré. Maintenant, tu as la même allure que ton ministre, tu postillonnes et tu gesticules comme lui.

Il grommelle :

– Arrête de me donner des leçons. Pourquoi ne vient-on pas nous servir ? J'ai rendez-vous à dix-sept heures au Sénat.

– Il va arriver. Relaxe-toi. Il fait beau, les gens sont contents. Profitons-en. Il faut vivre le présent.

Philippe ricane :

– Ayamei, tu es amoureuse.

Elle fait l'indifférente :

– Oui, bien sûr. Tu as toujours raison.

– Il est blond comme un surfeur, beau comme un acteur d'Hollywood. On lui a appris à sourire. C'est une machine à séduire fabriquée à la chaîne, le McDonald's du masculin bronzé, sportif, « spirituel ». Il est à l'antipode des révolutionnaires purs et durs comme toi. Il ne peut que te plairè.

– Où l'as-tu vu ?

– La semaine dernière, quand je suis descendu de chez toi, je l'ai croisé au pied de l'immeuble. Nous nous sommes salués d'un sourire. Que voulais-tu de plus ? Que nous nous embrassions ?

Ayamei le regarde avec mépris.

– As-tu mon cadeau ?

– Oui.

Il ramasse un sac en papier Louis Vuitton et le pose sur la table. Elle sort le sac à main et l'agite.

– Merci, mon chéri !

Elle feint de lui donner un baiser et murmure :

– Tu as bien daté et signé les lettres comme je te l'ai demandé ?

Il répond d'un hochement de tête, puis ajoute :

– Tu peux me dire à quoi sert de falsifier la correspondance entre les dirigeants chinois et le gouvernement ?

– Tu verras.

– Pourquoi intoxiquer les services américains ?

– Parce que c'est bon pour nous.

Il insiste :

– En quoi cela nous rend-il service ?

Elle fait un geste de lassitude.

– Tu poses trop de questions. Moins tu en sais, plus longtemps tu vivras. Tu disais donc que j'étais amoureuse...

Agacé qu'elle change de sujet à son gré, il se relâche :

– Oui, je disais qu'une fille perverse comme toi ne

peut aimer que par la voie factice et tortueuse du mensonge.

– Bravo pour la formule. Malheureusement, c'est lui qui est amoureux de moi.

– Comment peux-tu être sûre de ses états d'âme ? Son nom est une couverture, son passeport est faux. L'as-tu identifié ? Peux-tu me dire son pseudo, son véritable nom, sa vraie date de naissance ?

– Pas encore, mais nous trouverons. Je le tiens. Je le ferai avouer. Je mettrai la main sur son réseau.

Le regard d'Ayamei se déplace vers la fenêtre, s'arrête sur le marronnier.

– Ah, l'amour, dit-elle. Peux-tu m'expliquer ce que c'est ?

– Il vaut mieux que tu poses cette question aux écolières et aux bourgeoises adultères.

– Moi non plus je ne sais pas ce qu'est l'amour, dit-elle avec un sourire amer. Personne ne m'a aimée et je n'ai aimé personne. A cinq ans, j'ai vu le cadavre d'un mendiant au coin d'une rue et j'ai compris que j'allais crever un jour, comme lui, un corps anonyme qui finit là où il est tombé. Personne ne me pleurera, personne ne se souviendra de moi, personne ne saura qui j'étais. Une charrette viendra me chercher. On me brûlera dans un four, on jettera mes cendres dans une poubelle qui échouera au centre de traitement des déchets de la ville. Je suis celle qu'on a privée du droit de vivre comme les autres mais j'assume mon destin. En revanche, dans ce monde, il existe des hommes et des femmes qui aiment et sont aimés de retour. C'est pour ceux-là que je me bats...

Il l'interrompt :

– Arrête de me saouler avec ton idéal communiste. L'amour est une illusion. Les hommes n'ont que l'amour de soi. Dans ce monde, les forts se maintiennent et les faibles sont éliminés. Ton Américain fait semblant et tu le crois ! Entre vous, il n'y aura jamais de sentiment. Ce sera toujours de la compétition.

Elle secoue la tête.

– Philippe, toi et moi sommes de la même espèce : nous mangeons pour nous emparer de la saveur, nous baisons pour voler un plaisir ou un renseignement, nous courons en avant pour fuir le passé, le présent, l'éternité. Afin de ne jamais faillir dans la manipulation, nous devons d'abord castrer nos émotions, verrouiller nos sentiments. L'amour existe... mais c'est un sommet qui nous est inaccessible.

Philippe n'écoute plus son délire. Ils ne se comprennent plus. Elle a changé. Pourquoi faire l'apologie de l'amour ? L'Ayamei qu'il a connue était un boa. Jonathan Julian l'a fascinée avec ses histoires de spiritualité. On dirait qu'elle est en train de se révolter contre la Chine, contre la France, contre elle-même qui n'est qu'une créature de la haine. Philippe n'oublie pas qu'elle a été le leader d'un mouvement démocratique et que, retournée par son gouvernement, elle est devenue espionne communiste. Un nouveau virage serait-il en train de se produire ?

L'Ayamei de Tianan men traquée par les soldats, l'Ayamei torturée par les policiers puis entraînée par les militaires, l'Ayamei parachutée à Paris sans valise, sans papiers, sans connaître la langue, l'Ayamei qui a reconstruit une vie à l'opposé de son passé, l'Ayamei qui a menti, cambriolé, couché, installé un réseau, est peut-être usée par son effort. Les Américains ont probablement su trouver sa faille. En lui faisant miroiter l'utopie de l'amour, Jonathan Julian lui promet de la guérir de son désespoir et de sa schizophrénie.

Ayamei a rencontré un homme qui lui ressemble. Tous deux sont mythomanes et escrocs. Tous deux sont traîtres et tueurs. Philippe frissonne en imaginant les bons moments que les faux amants ont passés ensemble, 21 place Edmond-Rostand. Elle se maquille, se parfume, enfile une culotte en dentelle. Devant le miroir, mille fois elle se demande si elle est belle. Il frappe à la porte. Il entre. Ils se mentent l'un à l'autre comme deux tourterelles qui roucoulent. Elle lui présente le butin récolté dans la journée. Satisfait, il l'embrasse pour l'encourager. Rougissante et fière, elle se laisse faire pour le tromper. Ils se déshabillent, roulent sur le lit, répètent leur texte, tirades passionnées et murmures amoureux. Unis dans le jeu des illusions, leur vigilance relâchée, ils oublient le monde réel où ils sont ennemis. Les personnages qu'ils incarnent s'aiment et elle tombe amoureuse ! Pourquoi pas ? Elle sait qu'ils possèdent les mêmes savoirs, les mêmes recettes, qu'ils souffrent des mêmes angoisses et qu'ils sont condamnés à la même solitude. Elle a une longueur d'avance. Elle a pitié de lui. Mais pour une espionne, qu'y a-t-il de plus dangereux que la pitié ?

Comment vérifier si elle a rejoint le camp de Julian ?

– Qu'as-tu ? A quoi penses-tu ?

Elle fixe Philippe d'un regard soupçonneux.

– A rien... J'ai juste essayé d'imaginer ton enfance et la petite fille qui ne connaissait pas encore son destin d'espionne exemplaire.

– Tu penses trop, Philippe. Pourquoi t'intéresses-tu à moi tout à coup ?

Il ne sait que répondre.

– Il est dix-sept heures moins huit. Tu dois y aller.

Il trouve l'occasion de prendre sa revanche.

– Tu passes ton temps à consulter ta montre. Crois-tu qu'on peut chronométrer la vie ? Détends-toi !

Elle fait la sourde oreille.

– Le garçon n'est toujours pas monté, ironise Philippe. Celui-là, il a tout son temps. Tant pis !

Il se baisse pour prendre sa serviette posée par terre. Il voit le sac en papier sous la table et le saisit d'un geste ferme.

– Je viens de me rappeler que j'ai mal formulé les salutations finales dans les lettres. Elles ne correspondent pas à celles du ministère et risquent de nous trahir. Je dois les corriger.

Elle lui arrache le sac.

– Ne t'inquiète pas. La fausse signature de ton ministre me suffit. La société de Jonathan l'envoie à Kuala Lumpur en mission. Il part demain. Il faut qu'il expédie ce dossier ce soir.

– Mais...

– Il n'y a pas de mais ! Vas-y, tu es en retard. Commande un thé au citron pour moi si tu croises le garçon au rez-de-chaussée.

Il sort du café et marche vers la place. Soudain les cloches de l'église se mettent à carillonner.

Si Ayamei devient la taupe des Américains, où dois-je me positionner ? se tourmente-t-il.

Une nuée de pigeons s'envole en battant des ailes.

三

Les planques impersonnelles se succèdent, puis une chaîne de cendriers remplis de mégots défilent. Les chambres d'hôtel, indissociables de leur petit déjeuner continental, se métamorphosent en voitures de location. Les villes, grouillantes, polluées, s'ouvrent comme des fleurs vénéneuses. Les vagues de foule deviennent tentacules géants avec des ventouses en forme de chaussures, pantalons, vestes, visages. Un homme entre dans l'ascenseur, saute dans le taxi, s'engouffre dans le métro. Ce pourrait être n'importe qui. Mais un observateur attentif s'apercevra qu'il ne marche pas au milieu du trottoir et rase les murs qui protègent son flanc gauche. Sans cesse, il jette des coups d'œil dans le reflet des vitres, surveille le miroitement de la ville. Il ne circule que là où il y a du monde. Il nage dans la foule, tranquille et vigilant. Dans un bar, il choisit la table près de la sortie de secours. Un autre homme entre, à l'aspect tout aussi ordinaire mais le regard en alerte. Il s'assoit à côté du premier. Tous deux sirotent un gin tonic au gingembre, grignotent des cacahuètes et surveillent la porte principale.

– Quelque chose ne tourne pas rond dans ma tête, je n'arrête pas de compter. Dans la journée, je dénombre les voitures, les promeneurs, les touristes, tous ceux qui me paraissent suspects. Il y en a une centaine. Le soir, quand je suis seul, je compte aussi : deux fauteuils, quatre verres, la page dix du journal, il est minuit douze. Tony, je suis en train de devenir fou, comme Jack !

— Ne t'inquiète pas. C'est déjà arrivé à d'autres. Tu es fatigué. Tu n'as pas pris de vacances depuis deux ans.

— Je ne peux pas prendre de vacances ! Quand je m'arrête, je suis déprimé ! C'est pire que devenir fou.

— Ne t'en fais pas. Tu es solide, tu tiendras.

— Tenir, comment ?

— Bonne question ! Je ne sais pas, Bill. Je le savais et je ne sais plus. Pourtant j'ai tenu.

— As-tu des nouvelles de Jack ?

— Il est dans un hôpital psychiatrique. Il va de mieux en mieux. Ne regarde pas en bas. Lève la tête et fixe le ciel. Tu n'auras jamais de vertige.

— Le ciel... Je passe ma vie dans le ciel, à l'intérieur de ces cercueils volants... Un jour, je ne redescendrai plus.

A l'autre bout de la salle, quelqu'un fait tomber une fourchette. Il se penche. Quand il se relève, il brandit un pistolet. Les tirs résonnent, les verres éclatent, Bill gémit et ouvre les yeux. Le tueur a disparu. Il entend un vrombissement continu et reconnaît la vibration d'un avion en altitude de croisière. Ce n'était qu'un cauchemar.

Bill Kaplan se lève, balaie la cabine d'un rapide coup d'œil. Aucune anomalie. Aucun signal annonçant une menace. Il se rend aux toilettes pour se rafraîchir.

Une fois la porte verrouillée, la lumière s'allume et le miroir reflète son front couvert de sueur. Il salue celui qu'il est devenu d'un hochement de tête. En se versant de l'eau sur le visage, il se remémore machinalement la date de naissance de Jonathan Julian, chef de projet dans une société informatique. Il se laisse choir sur la cuvette et poursuit les détails de son histoire personnelle, celle de ses parents, leurs dates de naissance et de décès. Il retrace son parcours scolaire, professionnel et comme membre de la secte Mandat terrestre.

Une fois de retour dans la cabine, ses yeux balaient les visages des passagers, tandis qu'il attaque dans sa tête la reconstitution de ses conversations avec Ayamei.

Des hôtesses surgissent en poussant leur chariot. Une jolie Asiatique à peau brune lui sourit. Il lorgne son badge : Linda. Elle doit avoir un buste de félin et ses fesses doivent ressembler à une paire de mangues.

Vingt minutes plus tard, debout devant le distributeur de boissons, Linda se met à raconter sa vie à Bill Kaplan.

Linda, sais-tu que tu es face à quelqu'un qui a déjà tué des hommes ? lui adresse Bill dans sa tête, tandis que des plaisanteries lui tombent du bout des lèvres. Il la fait rire.

Linda, sais-tu que ce jeu de la drague est une pause que je m'accorde avant de reprendre le fastidieux exercice de la mémoire, mon sport quotidien ? Sais-tu que je m'oublie et me détends en voyant tes jolies dents ?

Linda déchire un bout de papier sur lequel elle note son numéro de mobile et le nom de l'hôtel dans lequel elle descend pour une nuit. Bill Kaplan le glisse dans la poche intérieure de sa veste. Il fait quelques pas et se retourne. Elle lui sourit.

Linda, sais-tu que tu souris à un inconnu qui te donnera deux heures de sa vie avant de disparaître à jamais ?

Bill Kaplan revient vers elle.

– My name is Peter Schwab.

– Good bye, Peter, see you tonight.

Pékin. Une Toyota blanche roule sur le troisième périphérique.

– Bill, you look terrific !
– I've been doing some meditation.
– Alors ? Ça marche ?
– Pas mal pour vider la tête. Helen va bien ?
– Elle m'a quitté il y a six mois. Elle est retournée à Boston.
– Je suis désolé.
– Tu connais Helen, elle voulait des enfants, des chiens, une maison avec une belle barrière blanche. Je ne suis pas prêt à prendre ma retraite.
– Isabelle et moi avions le même problème.
– Ne t'en fais pas pour moi. Je couche avec une Chinoise à Pékin, une Australienne à Shanghai, une Coréenne à Haerbin, une Anglaise à Guangdong. Te souviens-tu de ce que tu m'as dit quand Isabelle t'a quitté ?
– Non, John, je ne m'en souviens pas.
– « Nous sommes trop libres pour renoncer à la liberté. »

– J'ai dit ça ? Il y a quatre ans j'étais vraiment optimiste ! Croire que nous sommes libres.

– Tu regrettes Isabelle ?

– Des regrets ? Je ne sais pas. Un type comme moi vit au jour le jour. Regretter est un sentiment trop bon. Je ne le mérite pas.

– Tu as changé, Bill. Tu étais moins dur avec toi-même.

– Quand Jack a craqué, j'étais là. Il s'est mis à mordre les passants, c'était impressionnant. Comment peut-on avoir de l'estime pour soi, quand on sait qu'un jour on finira comme lui ?

– Il paraît qu'il est sorti de l'hôpital il y a trois semaines. Sa femme s'occupe de lui. Il ne s'ennuie pas. Il passe son temps à faire des constructions avec des allumettes et à les démolir à la fin de la journée.

– Il est probablement plus heureux que nous.

– Dieu seul le sait. D'où tu viens ?

– De Kuala Lumpur.

– Tu restes combien de temps à Pékin ?

– Moins de vingt-quatre heures. Nous sommes déjà samedi. Il faut que je quitte Pékin demain à l'aube pour Singapour, KL et Paris. Je dois être au bureau lundi matin.

– Heureusement que je suis là. Personne n'accepterait de t'arranger un coup pareil. La Compagnie est au courant ?

– Bien sûr que non. Le temps que je fasse la demande, qu'ils étudient le dossier et qu'ils me le refusent, tu sais bien comment ça se passe... Quand les initiatives ne viennent pas d'eux, ils s'opposent à tout.

Juste pour t'emmerder et montrer que c'est eux qui décident.

– Ces mecs me dégoûtent. Dans leurs bureaux, ils jouent aux jeux vidéo entre deux conférences téléphoniques. Ici on galère et on va crever. Récemment, j'ai perdu trois de mes hommes. Les Chinois ont envoyé des experts en arts martiaux qui les ont frappés sur la pomme d'Adam, puis ils les ont balancés par la fenêtre comme s'ils s'étaient suicidés. Maintenant tu sais pourquoi j'ai laissé partir Helen. Je ne pouvais pas la retenir.

– Tu deales toujours avec les Triades ?

– Et les autres ! Ça ne finira jamais ! Après la guerre froide, c'est la guerre des étoiles. Il faut combattre tout le monde : les islamistes, les parrains, les super-espions industriels et bien sûr les taupes.

– Prends du recul, John, on n'est pas pressé de mourir.

– Ouais, tu as raison. Je suis toujours pressé. Ce n'est pas bon. Tiens, ce sont les lentilles de couleur et mets cette casquette de base-ball sur ta tête. Il ne te demandera pas de l'enlever. Cette année, toutes les stars de cinéma chinois en portent pendant leurs conférences de presse. C'est la mode. Enfile cette alliance au doigt. Voici ta carte de visite. On pratique toujours la cérémonie d'échange de cartes de visite quand on rencontre un Chinois. Rien n'a changé depuis que tu es parti en Europe.

– « Christopher Lizard, producteur. Suite 2001, 10770 Wilshire boulevard, Los Angeles, CA 90024. » Lizard ? Je déteste les lézards.

– Désolé, parfois je n'ai pas d'inspiration. Je m'appelle George Burger, je suis ton assistant. Dès que je l'ai vu, j'ai senti qu'avec ce type il fallait aller droit au but. Je lui ai dit que toi, producteur indépendant, tu préparais un documentaire sur Tianan men. Je lui ai expliqué qu'il n'aura aucun ennui : nous ne le filmerons pas. Son nom n'apparaîtra nulle part. Nous avons juste besoin qu'il parle d'Ayamei. Il a tout accepté.

– Comment est son anglais ?

– Il se débrouille très bien. Toi, tu n'as pas oublié ton chinois ?

– Non... pas encore.

– Ton type est le premier promoteur immobilier de Pékin. Tu verras, son bureau est entièrement lambrissé d'or vingt-quatre carats ! Les riches Chinois n'ont jamais peur du mauvais goût. Tu es prêt ? Son bureau est au vingtième étage. Je viendrai te chercher à l'hôtel à dix-neuf heures et t'emmènerai faire un tour dans Pékin.

– Thanks !

Jonathan tape sur l'épaule de son ancien partenaire.

235, avenue de la Longue-Paix.

Rampe dorée, miroir luisant, marbre rose. La lumière de l'ascenseur varie à chaque étage, puis la porte s'ouvre silencieusement. Un phénix géant, déployant ses ailes dorées, domine l'imposant bureau de réception derrière lequel s'alignent sept jolies Chinoises casquées de micro et d'oreillettes.

– 你好。我是 Christopher Lizard 张英先生约我见面。

(Bonjour, Christopher Lizard, J'ai rendez-vous avec M. Zhang Ying.)

– 您好。我们马上与张总秘书处联系. 请稍候。

(Bonjour, nous allons avertir le secrétariat du président. Veuillez patienter.)

L'une d'elles le conduit au coin-salon.

Dix minutes plus tard, une porte laquée s'écarte. Une autre Chinoise en uniforme apparaît.

– 您好。张总在等着您。

(Bonjour. Le président Zhang vous attend.)

Suivant son guide, Christopher s'engage dans un couloir silencieux surveillé par de nombreuses caméras. A gauche et à droite, les portes en cuir alternent avec les photos de gratte-ciel contreplaquées sur des panneaux de deux mètres de haut. Il monte dans un second ascenseur lambrissé d'ébène que la Chinoise fait démarrer en tapant un code.

La porte s'ouvre. Il se retrouve dans une vaste salle baignant dans une étrange lumière irisée. Elle provient de trois sources : une fenêtre large de vingt mètres et haute de cinq, des murs en or et quatre lustres de cristal alignés au milieu du plafond. Un homme est au téléphone derrière son bureau : des danseuses habillées de robes chinoises traditionnelles en bronze émaillé soutiennent un épais plateau de marbre. Le président Zhang est mince et petit, en costume rayé, cravate violette et pochette jaune. Ses cheveux sont gominés et coiffés avec une raie au milieu. Il porte une paire de lunettes cerclées d'or sur des yeux bridés marqués de cernes, et une fine moustache de la Belle Epoque au-dessus d'une bouche féminine. Il raccroche et se dirige vers Christopher Lizard. Il lui tend la main.

– I'm Zhang Ying, dit-il spontanément en anglais. Nice to meet you.

— 张总，谢谢您，能够在一个星期六的下午抽出时间。

(Merci, monsieur le président, de me recevoir, surtout un samedi après-midi.)

Ravi d'entendre un étranger parler sa langue, Zhang Ying esquisse un large sourire. Il continue en chinois :

– Je travaille toujours le samedi et le dimanche. La concurrence dans le secteur est rude.

Zhang Ying sort de la poche intérieure de sa veste un étui en or et en tire une carte de visite qu'il tend à Jonathan, lequel remet la sienne en échange. Après en avoir terminé avec les formules de politesse, les deux hommes s'installent face à face dans des fauteuils.

Christopher Lizard, qui n'a pas beaucoup exercé son chinois ces derniers temps, parle lentement.

– Monsieur le président, merci d'accepter cette collaboration avec nous. Croyez que j'admire votre courage. Comme vous en avez convenu avec mon assistant, je suis venu sans carnet de notes ni magnétophone. Tout ce que vous allez me dire restera entre vous et moi.

– Vous parlez un chinois parfait. Félicitations. Université de Taipei ?

– Désolé pour l'accent.

Zhang Ying sourit avec indulgence.

– Posez-moi vos questions. Je répondrai à ce que je pourrai. Seulement, et je vous prie de m'en excuser à l'avance, je n'ai pas beaucoup de temps. Le rendez-vous suivant est dans une demi-heure.

– Une demi-heure me suffira. Je vous en remercie. Mon assistant vous a déjà expliqué. Dans le reportage que je réalise, je voudrais glisser un portrait d'Ayamei. Non comme une figure politique mais comme une Chinoise témoin de l'évolution de la Chine. Je sais que vous l'avez connue. Parlez-moi un peu d'elle.

– Pour me trouver, vous avez été bien renseigné. Est-ce elle qui vous a parlé de moi ?

– Elle m'a parlé de votre frère, Min.

– Que buvez-vous ? Cognac ? Whisky ? Ou préférez-vous du Coca, du café ou du thé ?

– Thé, s'il vous plaît.

Ying se lève, téléphone et passe la commande. Il sort une photo du tiroir de son bureau.

– A gauche, c'est Min, mon petit frère.

Le papier a jauni. La photo a été prise dans un studio.

Elle est datée du 1er juin 1980. Deux gamins. Tous deux ont la tête presque rasée. Ils portent la chemise blanche et le foulard rouge des Jeunes Pionniers. A droite, Ying, sans lunettes, fait un si grand sourire que ses yeux plissés sont devenus deux fentes. Min a de grandes oreilles. Son visage est crispé. En le voyant, on entend presque l'éclat du flash et le cri du photographe : « Souriez ! » Les yeux de Min fixent silencieusement Christopher Lizard, alias Jonathan Julian, alias Bill Kaplan. Le garçon semble vouloir lui conter sa brève vie.

– Pouvez-vous me parler de votre frère ?

Zhang Ying reprend la photo, la regarde.

– Mes parents étaient ingénieurs. Quand nous étions jeunes, ils s'absentaient souvent. J'avais deux ans de plus que Min et, très tôt, j'ai eu conscience de ma responsabilité d'aîné. Min me désobéissait. Après la classe, au lieu de faire ses devoirs, il passait son temps à écrire de soi-disant poèmes et à gribouiller des dessins. Il avait de mauvaises notes et était toujours le dernier de la classe. En 1982, mes parents décidèrent de nous envoyer au lycée du Soleil Levant. C'est là que j'ai rencontré Ayamei la première fois...

Le téléphone sonne, Ying bondit du fauteuil.

– Excusez-moi !

Il raccroche trois minutes plus tard et revient prendre place dans le fauteuil.

– Où en étais-je ?

– Lycée du Soleil Levant.

– Depuis 1983, c'est la première fois que je parle de cette histoire à quelqu'un. Vingt-deux ans...

On frappe à la porte. Une jeune femme pose un service à thé sur la table basse.

– Thé de la Montagne haute. Vous connaissez, bien sûr. Mon partenaire me l'a envoyé de Taiwan.

Christopher sirote dans la tasse minuscule.

– Excellent !

– C'est au lycée du Soleil Levant que l'on fabriquait les meilleurs élèves pour le concours national d'entrée aux universités. Mes parents ont dû mobiliser toutes leurs relations pour nous y faire admettre. Là-bas, on faisait travailler les élèves dix heures par jour, il y avait des examens chaque mois. Sur le grand tableau à l'entrée de l'école, les résultats étaient affichés. Nous allions voir ces placards le cœur battant, les jambes molles. J'étais anéanti quand je ne voyais pas mon nom en tête du classement. Min ne décevait jamais : il était toujours le dernier, avec son nom inscrit en rouge. Il désespérait mes parents qui auraient souhaité que nous marchions sur leurs traces en entrant à Qing Hua, la meilleure université polytechnique de Chine. Même au Soleil Levant, mon frère continuait à ne pas travailler. Une chose était sûre : non seulement il n'entrerait pas à Qing Hua, mais il échouerait au concours national et n'obtiendrait aucun diplôme d'études supérieures.

Soudain Ying change d'expression et place la main sur son cœur. Il sort de la poche intérieure de sa veste un portable qui vibre. Il décroche, puis va vers son bureau et compose un numéro sur la ligne fixe. Il discute simultanément avec deux interlocuteurs. Puis il revient.

– Excusez-moi. Min avait quatorze ans. Pour lui, le concours aurait lieu dans trois ans. Il ne pouvait pas commencer à réviser au dernier moment ! Avec douze manuels scolaires par matière, en six ans d'éducation secondaire cela faisait soixante-douze bouquins à connaître par cœur. Je vous fais peur avec mes statistiques ? Savez-vous pourquoi la Chine se développe si vite ?

– Intéressant. Dites-moi.

– Dans notre pays, hommes et femmes sont entraînés à participer à la compétition dès l'enfance. Quand j'étais enfant, mes parents devaient se battre pour tout, obtenir un appartement, s'acheter trois mètres de tissu, s'offrir un téléviseur couleur, sans parler de l'augmentation de salaire – c'était une lutte à mort. Je me souviens encore des coups tordus de leurs collègues dont mes parents, trop honnêtes et trop timorés, étaient victimes. Ma mère pleurait souvent. Mon père se mettait en colère pour un rien. Il hurlait et cassait des assiettes. Nous étions leur espoir de revanche et Min décevait ! Vous comprenez, en Chine, c'est simple. Nous sommes nombreux et n'avons pas le choix : courir plus vite que les autres ou être éliminé.

Un nouveau coup de téléphone l'interrompt. A son retour, Ying reprend :

– Ayamei portait deux nattes, était petite, un peu ronde. Sur le chemin de retour à la maison, je l'ai souvent croisée avec mon frère. Tous deux pédalaient et n'arrêtaient pas de se parler. D'abord, j'ai trouvé cela très bien, Ayamei était une bonne élève et avait son nom affiché parmi les premiers du classement. Pourtant les notes de mon frère ne s'amélioraient pas. A force de les voir tout le temps ensemble, les élèves ont commencé à jaser. Aujourd'hui, la vie à Pékin a changé. Au lycée de ma fille, j'ai vu des élèves se tenir par la main en public. A notre époque, une « relation » entre les élèves était un délit puni de l'expulsion immédiate...

Le portable fait bip. Ying s'interrompt, tape sur son portable et envoie un SMS. Il revient à son souvenir.

– Cela vous paraîtra inhumain... Mais notre génération a été élevée à la dure. Pour nous distraire, il n'y avait que des films de guerre. On pouvait compter sur les doigts d'une main les films étrangers : soviétiques, yougoslaves, nord-coréens. Tous prêchaient le courage, la discipline et le sacrifice. Personne n'avait entendu parler de Freud, de Tocqueville, de Nietzsche. On nous avait dit que les règlements scolaires avaient été rédigés pour notre bien, il fallait donc obéir. Tenez, un exemple, le code vestimentaire : à l'école, chaque matin des élèves délégués nous accueillaient à la porte principale et mesuraient la longueur de nos cheveux et la largeur de nos pantalons ; au moindre écart, on coupait vos cheveux et vos pantalons. Imaginez donc le scandale de la « relation » entre mon frère et Ayamei !

Le portable bipe à nouveau. Ying fait une nouvelle réponse par écrit et poursuit :

– Leur professeur a alerté mes parents et ceux d'Ayamei. Tous se sont mobilisés pour séparer les deux gamins qui transgressaient la loi. Oui, nous appartenions à un genre humain différent. Aujourd'hui, ma femme et moi satisfaisons le moindre caprice de notre enfant unique. A l'époque, mes parents, comme tous les parents traditionnels chinois, étaient rigides et insensibles. Min et Ayamei ont ignoré les consignes et leur entêtement a provoqué une colère terrible de la part des adultes. Mes parents ont proposé à l'Unité de travail de les envoyer en province. Nous avons déménagé dans une ville du Sud. Min était devenu encore plus bizarre. Il ne parlait à personne et pleurait pour rien. Je l'engueulais sans cesse car j'avais dû quitter le meilleur lycée chinois pour une école de merde, et j'avais peur de ne pas réussir le concours national.

Le téléphone carillonne. Zhang Ying esquisse le geste de se lever mais se rassoit.

– Ayamei... cette fille m'a hantée ! Comme je l'ai haïe pour avoir volé l'âme de mon frère. Vous a-t-elle raconté ce qui s'est passé ? Ont-ils eu une « relation » pour qu'il prenne la décision de mourir ?

– Je crois qu'ils n'ont rien fait.

– Pas possible. Pourquoi s'est-il tué ?

– Je ne sais pas... Min était fragile... et ils s'aimaient.

– L'amour ? Bien sûr, vous venez d'Hollywood. Là-bas, les histoires d'amour rapportent de l'argent. Croyez-vous qu'il y avait de l'amour entre deux gamins de quatorze ans ? J'ai quarante ans cette année, je n'ai jamais été amoureux, même pas de ma femme. Trop de travail, trop de pression, trop d'insomnies. L'amour, c'est pour les animaux : ils se dévorent ou ils s'aiment. Les hommes sont trop compliqués dans leur tête : ils aiment l'argent, le pouvoir, la guerre, le sexe, l'alcool...

Le téléphone sonne à nouveau. Ying se lève, décroche, donne un ordre et raccroche aussitôt. Au lieu de s'asseoir dans le fauteuil, il marche autour de Christopher.

– Un jour, j'ai ouvert la télévision et j'ai vu Ayamei. L'adolescente devenue femme a réveillé en moi une immense douleur. Je me suis mis à pleurer à l'idée que, si Min était vivant, il aurait vingt ans. Les jours suivants, j'ai enregistré toutes les informations concernant ses actions et je me repassais son image la nuit. Je scrutais son changement au ralenti. Je me disais que Min n'aurait pas aimé son regard durci ni sa voix rauque. Puis j'ai pris la décision de lui parler.

Ying desserre sa cravate et ouvre le premier bouton de sa chemise. Il enlève ses lunettes, les essuie avec sa pochette et les remet sur son nez.

– Ce jour-là, il pleuvait. Avec un passe donné par un militant, j'ai pu franchir les barrières des étudiants et pénétrer jusqu'au centre de la place Tianan men. L'eau ruisselait le long de la stèle commémorative des Héros de la liberté...

Le portable sonne avec insistance. Ying examine le numéro affiché et décroche :

– Je te rappelle. Oui... Non, dix-huit heures et demie au Parfum de la Rizière. Quand vous arrivez au carrefour de Dong Dan, tournez vers l'est. Prenez le deuxième périph. Tournez à gauche devant Sunlight, vers l'ouest, cinq minutes, tournez à gauche et prenez la petite rue quand vous voyez une lanterne rouge accrochée à un arbre. C'est bon ? Les dirigeants arrivent à dix-neuf heures. Sois là-bas à l'heure. J'aurai dix minutes de retard.

Il retourne vers Christopher.

– Où en étions-nous ? Sur le perron, il y avait une cabane au toit couvert de feuilles de goudron construite pour abriter les leaders du mouvement. De loin, j'ai vu Ayamei. Debout, elle répondait en anglais aux interviews des journalistes étrangers. Autour de moi, il y avait des milliers d'étudiants en grève de la faim, couchés sur des sacs plastique qui leur servaient de tapis de sol. Je me suis rendu compte de mon ridicule. Etait-ce le moment de lui demander pourquoi Min avait choisi la mort ? Sans un mot, je me suis retiré.

Le téléphone fixe sonne, s'arrête puis retentit à nouveau. Ying décroche :

– Comment ? Déjà arrivés ? Qu'ils m'attendent. J'en ai encore pour deux minutes.

Il se tourne vers Christopher Lizard.

– Je suis désolé, je suis obligé de vous laisser. Notre groupe est en train d'acheter un terrain près de la Grande Muraille pour y construire huit tours de cinquante étages, les plus luxueuses de la Chine du Nord. Je veux en faire un complexe de grands magasins, de bureaux et de résidences.

– Merci. Votre témoignage est très important.

– N'hésitez pas à me contacter si vous avez besoin de moi. Sachant que vous veniez aujourd'hui, je vous ai préparé quelque chose.

Il prend un carton sur son bureau.

– Prenez ce dessin, donnez-le à Ayamei. C'est son portrait réalisé par mon frère.

L'aquarelle représente une jeune fille assise sur le seuil d'une porte. En chemise blanche et jupe vermillon, ses jambes nues sont allongées paresseusement sur le sol. Elle tient un livre à la main mais ne lit pas. Son regard est tourné vers l'extérieur où est tracé le vague paysage d'une ville.

– Vous pouvez retourner ce dessin... Vous voyez ? Il y a une double inscription, de Min et d'Ayamei. Ici, c'est l'écriture de mon frère : « Ayamei est un mauvais modèle. Elle bouge sans cesse. Pour la tenir en place, il faut que je lui raconte des histoires et lui chante des chansons. » Ayamei a écrit dans ce coin : « Nous avons une vue panoramique de la ville. Les rues tissent une gigantesque toile d'araignée. A l'ouest, il y a la Cité interdite et ses tuiles dorées, à l'est, les ruines du palais du Printemps. J'aperçois même notre lycée et nos camarades de classe, petits comme des fourmis noires sur un terrain de football. Min dit que ce monde d'en bas est un livre ouvert et que, pour le lire, il faut nous asseoir dans les hauteurs, près du ciel. »

Ying soupire :

– Donnez-le à Ayamei. La Chine d'hier est morte avec Min. Venez, je vais vous montrer la Chine d'aujourd'hui.

De l'autre côté des vitres, la ville ondule sous un ciel blafard et pollué. La toile d'araignée n'est plus celle perçue par Ayamei adolescente. Elle a acquis une troisième dimension et rejoint le ciel en s'appuyant sur ces tours qui s'étendent à l'infini. Christopher cherche en vain dans cette immensité une tache de couleur. C'est un monde fait de lignes platine, de courbes grises, de millions de taches d'un noir dégradé.

– J'ai une idée quant aux raisons de la mort de mon frère, dit Ying en faisant semblant de contempler le paysage. Pourquoi a-t-il refusé l'avenir alors qu'il suffisait d'un peu de patience ? Il serait devenu écrivain ou peintre ou homme d'affaires ; il aurait épousé Ayamei... Min était un faible. Il ne supportait pas la compétition et il s'est tué.

Il se tourne vers Christopher.

– Ils auraient eu un enfant. Nous aurions passé tous

les nouvel an ensemble... Enfin... à quoi bon regretter. Min a choisi d'être le déserteur et moi le soldat modèle. Je me battrai jusqu'au bout, contre les concurrents, contre les krachs boursiers, contre les crises politiques.

– Prenez des vacances de temps en temps, conseille Christopher.

Zhang Ying sourit. Il y a dans ce sourire de la fierté, de la résignation, du désespoir. Son portable sonne à nouveau. Il décroche. Tout en discutant de la modification d'un contrat, de sa main libre il pointe pour Christopher les immeubles qui portent son nom. Un, deux, trois, quatre, cinq, six, sept... innombrables cônes, cubes, cylindres s'élevant le long des autoroutes, boyaux d'un labyrinthe sans issue.

Au milieu du lac Hou Hai, sur un pédalo.

Au loin, jazz, opéra et rock s'échappent des bars. Bill et John pédalent. Ils ont semé à leurs pieds un cercle de canettes de bière vides.
– Do you still believe in America, the world's bright future, the bastion of democracy ?
– I don't believe in anything anymore, répond Bill. J'ai eu tellement d'identités différentes que je ne crois même plus en moi.
– Bill, j'ai trente-neuf ans et j'en ai marre ! Personne ne sait qui je suis. Quand je traverse la rue, personne ne me reconnaît. Quand je mourrai, je ne sais pas encore sous quel nom ce sera.
– Tous ces gens là-bas, qui mangent et qui boivent, sais-tu quelque chose sur eux ? Tu crois qu'ils vont laisser une trace ? Regarde le ciel. Bon, il n'y a plus d'étoiles à Pékin. Ferme les yeux et imagine un ciel d'été rempli d'étoiles. Fixe-le. Tu verras des étoiles partout, dans tout l'univers. Tu n'en connais que quelques-unes parce qu'on leur a donné un nom. C'est ça, un homme. Rien qu'une étoile anonyme dans la nuit.
– Veux-tu savoir comment Helen est partie ?

Bill soupire.

– Vas-y, raconte.

John vide une bière et grimace.

– Nous mentons tout le temps et sur tout.

– Normal, le métier nous y oblige.

– Nous mentons surtout sur les détails insignifiants, pour dissimuler nos véritables personnalités : savez-vous jouer aux échecs ? Non ! Savez-vous parler chinois ? Non ! Vous buvez ? Non ! Connaissez-vous Haerbin ? Non ! Vous dansez ? Non !

Bill sourit amèrement.

– Je suis presque comme toi, mais je dis la vérité de temps en temps pour brouiller les pistes.

– Il y a six mois, dans la cuisine, Helen m'a servi des spaghettis bolognaise et elle m'a demandé si j'aimais ça. J'adore ces spaghettis et elle le sait très bien. Mais j'étais fatigué ce soir-là et je lui ai répondu sans réfléchir : « Non ! » Elle a cassé toute la vaisselle et elle est partie...

– John, oublie-la. Les femmes savent jusqu'où elles peuvent souffrir.

– Les femmes ? Pourquoi existent-elles ? Vois-tu, je me pose des tas de questions en ce moment. Et la mort ? As-tu compris ce que c'est ?

– J'y pense parfois. La mort donne la migraine, c'est tout.

– Depuis que Helen n'est plus là, je n'ai plus la trouille comme avant, plus peur de mourir en la laissant seule au monde ou de la voir tuée par un ennemi. Mais je n'arrive pas non plus à baiser tranquille. Quand je suis sur une fille, j'ai toujours l'impression que quelqu'un va surgir et me poignarder par-derrière. Tu comprends, j'accepte tout, sauf de crever à poil, la bite en l'air. La question n'est pas quand, la question est : être ridicule ou ne pas être ridicule.

— Tu te préoccupes de ta mise à mort maintenant ? John, ce sont tes quarante ans qui te travaillent, tu es en pleine crise !

— Je ne sais pas. J'en ai marre. Tu te souviens, l'année dernière, dans ce bar de Bangkok, quand nous sommes montés sur la table et que nous avons fait un strip-tease ?

— Les filles étaient folles de joie et la patronne voulait nous engager.

— Eh bien, tout a commencé ce soir-là. Je me suis aperçu soudain que la fête m'ennuyait. Depuis, je n'arrive plus à jouir à fond. Quelque chose en moi est cassé. Je n'arrive pas à m'oublier. J'existe... Nom de Dieu, pourquoi j'existe ? A vingt ans, je croyais à l'Amérique, à la Démocratie. Maintenant, je ne crois plus à rien ! Je mens pour des menteurs qui se servent de nous, je me bats avec des menteurs qui ne sont pas d'accord avec nos mensonges. Je tourne en rond, Bill. J'en ai marre !

John, ivre, se met à sangloter.

Dans une chambre de l'hôtel Kun-Lun.

Bill Kaplan se réveille et consulte sa montre. Il est quatre heures vingt-trois. Au bout du lit, une télévision scintille silencieusement. Sur l'écran, un homme se masturbe devant la bouche ouverte d'une femme.

Il se souvient alors qu'il est arrivé ici ivre mort et qu'il a baisé avec une hôtesse de l'air en regardant un film porno. Il jette un regard sur le lit. L'Asiatique dort toujours. Comment s'appelle-t-elle ? Déjà, il ne sait plus son nom. Il s'habille doucement dans la pénombre et s'enfuit de la chambre comme un voleur.

Dehors, Pékin qui ne se repose jamais. A travers la légère brume de pollution qui stagne au-dessus de cette métropole de dix-sept millions d'habitants et d'immigrants, il perçoit des chantiers illuminés et entend la vague résonance d'une machine entrecoupée par le bruissement des voitures qui filent sur les ponts aériens. Il hèle un taxi. Heureusement, il n'a pas oublié le nom de son hôtel.

Sous la douche, il se savonne énergiquement. C'est alors le visage d'Ayamei qui apparaît soudain dans son esprit. Il distingue ses sourcils épais, ses cils raides qui donnent à ses yeux un air de petite fille sauvage. Elle le fixe intensément. Elle a le même regard que les labradors quand ils contemplent leurs maîtres, plein de passion et d'indulgence. Bill secoue la tête et la vision s'efface.

Sur le lit, la valise est prête. Avant de glisser dans sa serviette le portrait d'Ayamei que lui a remis Zhang Ying, il le regarde encore une fois. Il remarque en souriant que ses jambes étaient plus fines et sa poitrine plate. Elle lui tourne la tête. Il ne voit que sa nuque. Cependant, il devine une exquise expression de joie sur ce visage baigné dans le soleil et tourné vers un Pékin qui n'existe plus. Cette joie tranquille l'aspire et il rejoint l'adolescente sur le haut de la colline. Elle s'élance vers lui et se pend à son cou. De sa main libre, elle lui montre la Cité interdite avec ses tuiles dorées et les ruines du palais du Printemps.

Bill claque la porte et s'engouffre dans l'ascenseur.

Il hèle un taxi et file vers l'aéroport.

Adieu, Pékin, ville aux six périphériques, ville qui s'impatiente dans l'attente des Jeux olympiques, ville où cohabitent Ying et John, le constructeur et l'espion, tous deux submergés par son insupportable immensité.

Paris, 21 place Edmond-Rostand, troisième étage.

Jonathan laisse choir son bagage dans l'entrée de l'appartement.

Il ouvre les volets et les fenêtres.

Devant lui, un ciel gris. La pluie tombe mollement sur le Luxembourg. Le jardin est désert. Il n'est pas encore ouvert au public. Un seul changement dans ce paysage immuable : les feuilles du grand marronnier ont poussé. Il ne voit plus la tour Eiffel.

La pluie tombe. Milliers, millions de gouttes, aiguilles transparentes, des yeux sans regard. Elles s'écrasent sur sa tête, roulent sur son visage, entrent dans sa bouche, rampent sur son torse. Dans l'avion du retour, Jonathan a conçu la mise en scène et le discours ambigu qu'il tiendra devant Ayamei. Ses plaisanteries habituelles dissimuleront un message codé : elle lui a manqué. Il sort de la douche et se rase devant le miroir. Son visage lui rappelle celui de son père. Comment peut-il ne pas se mépriser ? Rien. Il ne fera rien. Il ne montera pas chez elle, ne se glissera pas dans son lit et ne la serrera pas dans ses bras. Il appellera du bureau pour signaler son retour. Cet appartement n'est pas le sien. Ce nom de Jonathan n'est qu'un emprunt. Il ne sait ni où il habitera ni comment il s'appellera l'année prochaine. Il n'est même plus sûr qu'aujourd'hui soit son anniversaire.

Il se souvient des dates de naissance de ses identités fictives. Il connaît par cœur les anniversaires de parents imaginaires. Personne n'est là pour lui rappeler le jour où il a été mis au monde. Personne, depuis que son père, ancien espion de la CIA, a disparu à Vienne pour réapparaître à Moscou, et depuis que sa mère, atteinte d'Alzheimer, a perdu toute mémoire.

« L'homme sera sauvé s'il cesse de se regarder dans le miroir », a dit un jour sa cible. Elle a raison. De l'autre côté du miroir, il y a ce monde où vivent les Ayamei auxquelles les Jonathan n'auront jamais accès.

Ayamei l'embrasse, l'enlace, se frotte contre lui et s'enfuit. Puis elle revient. Rougissante, elle s'installe face à lui.

– Tu es rentré ce matin ?
– Oui.
– Tu as travaillé, aujourd'hui ?
– Oui.
– Es-tu fatigué ?
– Non.
– Tu aurais pu me laisser préparer un dîner.
– Je suis passé chez le traiteur. C'est plus rapide.
– Tu as l'air bizarre... tu es triste. Pourquoi ?
– Moi, triste ? Peut-être... Je suis un peu fatigué.
– Je vais te masser.

Elle se lève et se glisse derrière lui. Elle pétrit ses épaules et s'empare de sa tête. Il laisse les doigts de la Chinoise caresser ses tempes et ferme les yeux. Il voudrait être gentil avec elle. Il voudrait lui raconter son voyage. Il voudrait partager avec elle tout ce qu'il a vu, connu, vécu depuis sa naissance jusqu'à ce jour. Il voudrait lui parler des hommes exceptionnels qu'il a côtoyés, des femmes étranges qui l'ont séduit. Il voudrait raconter les dangers qu'il a bravés, les périls auxquels il a échappé. Il ne mentirait pas. Il exagérerait un peu pour colorer les faits afin de l'éblouir. Il aimerait voir ses yeux s'écarquiller, entendre son rire et ses exclamations. Qu'elle soit folle d'admiration.

Malheureusement il n'est pas un héros. Il n'a même pas le courage de s'avouer heureux quand elle le masse. Il ressent jusqu'au bout des ongles une détente, mais ce bien-être-là, il n'a pas la force de l'assumer.

D'un geste, il immobilise l'un de ses poignets. Un mensonge lui tombe des lèvres :

– Aujourd'hui c'est l'anniversaire de ma mère. Je veux le fêter avec toi.

La tête renversée en arrière, il voit se rapprocher le visage d'Ayamei. Ses yeux noirs le dévorent.

– Je suis heureuse que nous le fêtions ensemble.

Il voudrait sourire aussi. Mais il fronce les sourcils et lui dit d'un ton bourru :

– Assieds-toi. Dînons. J'ai faim.

Face à lui, elle gazouille, ne cache pas sa joie de le retrouver et s'agite comme une fillette.

– Tu es parti trop longtemps ! J'ai pensé à toi. A chaque minute, à chaque seconde. Un million de fois ! Que faisais-tu ? Où étais-tu ? Est-ce que tu dormais bien ? A quoi rêvais-tu ? Est-ce que tu me trompais avec une jolie hôtesse de l'air ? Je me suis rendue jalouse en imaginant des choses. Mais ce n'est pas grave. Tu m'as dit que l'amour universel est libre de toute possessivité. Il faut que j'apprenne. Il faut que je sois à ta hauteur. Tous les jours, j'attendais ton appel. Tu n'as pas passé un seul coup de fil. Tu as disparu ! Je me suis fait peur en me disant que tu avais eu un accident, que l'on t'avait enlevé, que le Mandat terrestre t'avait demandé de rester en Asie, que plus jamais je ne te reverrais. Tu m'as fait souffrir.

Elle soupire et sourit.

– Mon chagrin était délicieux...

Il voudrait se composer un regard affectueux. Il voudrait lui dire qu'il a pensé à elle aussi, peut-être pas à chaque seconde, mais plusieurs fois par jour, et qu'il est allé en Chine et lui a ramené Min. Mais sa voix, à nouveau, devient le bourreau de sa pensée. Il marmonne :

– Quand je suis en voyage, je ne téléphone pas.

Le visage d'Ayamei s'assombrit un instant, mais aussitôt elle sourit à nouveau.

– Tu as raison. Nous aurions pu être écoutés.

Pourquoi est-elle si gentille ? Peut-on être amoureuse d'un homme aussi vil que Bill Kaplan ? Il prend une voix glacée :

– Un jour, il se pourrait que je parte.

Elle regarde le poulet rôti.

– Je sais, mais...

Elle mord sa lèvre inférieure. Soudain, elle lance :

– Aujourd'hui, tu es là. Je veux en profiter ! Je ne veux avoir aucun regret demain, quand tu seras parti. Je n'ai pas peur de la séparation, Jonathan. La vie est faite de séparations.

Il est ému. Il envie le courage de cette femme. Elle est amoureuse d'un homme qui ne s'aime même pas.

– Quand je t'ai vu la première fois à la sortie de l'ascenseur, dit-elle, timidement mais en détachant chacun des mots, tu m'as désarmée ! Jonathan, tu m'as donné un peu de joie ! Ton visage, ta voix, ta peau m'ont hantée ! Pourquoi suis-je allée voler des documents chez Philippe Matelot ? Pourquoi ai-je couché avec lui alors que je n'éprouve pas le moindre sentiment pour lui ? Je vais te faire un aveu. Ce n'est pas parce que je crois aux sermons du Mandat terrestre. Je l'ai fait pour toi ! J'ai envie de te servir, j'ai envie de te faire plaisir, j'ai envie d'humilier mon orgueil, de souiller mon ego une fois dans ma vie ! Donner à un homme ce que je possède de plus beau sans rien lui demander en retour. Marcher vers lui les yeux fermés même si je risque de trébucher, tomber et ne plus me relever. C'est ma façon d'aimer. Pourquoi toi ? Que vais-je devenir quand tu seras parti ? Ces questions me dépassent, je sais seulement qu'un jour, si je vis suffisamment longtemps, j'ouvrirai l'album de ma mémoire, j'y trouverai une image de toi. Je dirai : « Voilà un homme que j'ai aimé avec mon cœur, un homme dont j'ignorais le nom, le passé, le futur. Un homme que j'ai croisé près du Luxembourg et durant les quelques instants que nous avons passés ensemble, je l'ai aimé autant que j'ai pu ! »

C'est au tour de Jonathan de contempler le poulet rôti. Il n'a pas de réplique à cette déclaration.

Il entend rire Ayamei.

– Est-ce que tu ne serais pas un espion ? Avec tous tes gadgets, tu travailles sûrement pour la CIA. Maintenant que je suis mouillée, je ne pourrais pas te faire du mal. Dis-moi la vérité, qui es-tu ?

Jonathan ne réagit pas. Lentement, il tourne son regard vers elle. Ce mouvement lui donne un répit pour réfléchir. Tôt ou tard, la Compagnie enverra quelqu'un pour faire d'elle, définitivement, un pion sur l'échiquier du renseignement américain. Pourquoi pas maintenant ? Pourquoi pas lui ?

Il la fixe dans les yeux, c'est ainsi qu'il réussit ses meilleurs mensonges.

– Je ne suis qu'un informaticien qui a adhéré au Mandat terrestre pour avoir une conviction, une idéologie, une religion. J'essaie de faire ce que je peux pour améliorer notre société. En dehors du Mandat terrestre, je ne suis rien. Désolé, je ne suis pas un James Bond, un superbe héros, le sauveur du monde.

Elle le mitraille.

– As-tu emménagé dans cet immeuble dans le but de faire ma connaissance ? As-tu programmé notre rencontre ? As-tu couché avec moi pour atteindre Philippe Matelot ? Ne suis-je pour toi qu'un outil, éprouves-tu un peu de sentiments envers moi ?

Elle s'agite sur sa chaise. Elle attend la réponse avec anxiété. Il est déchiré par ce regard qui le supplie d'avoir le courage de dire la vérité. Il lui doit cet aveu : « Oui, j'ai joué avec toi et j'ai triché. Oui, je suis un schizophrène, un funambule que tu mépriseras le jour où tu connaîtras mon vrai visage. Oui, je me suis servi de ta naïveté, de ton ardeur. Je t'ai prostituée et t'ai fait du mal. Ayamei, merci d'exister. Merci d'avoir rendu ma conscience coupable. Merci d'avoir aimé un homme seul, fou, damné. Pardonne-moi ! »

– Non, répond-il pourtant à la jeune femme.

Le mensonge peut aussi être une expression de la compassion.

– Tu m'aimes un peu ? insiste-t-elle.

Quelques femmes dans le passé lui ont déjà posé cette question. Il a improvisé pour ne jamais répondre.

Pourquoi elle, pourquoi Ayamei, l'héroïne de Tianan men, veut-elle aussi entendre une promesse qu'il ne pourra jamais donner ?

– Oui, répond-il malgré lui.

– Merci, s'écrie-t-elle. Merci !

Après avoir essuyé discrètement ses larmes, elle lui sourit :

– Allez, on attaque. Tu veux quoi ? Aile ou cuisse ?

Jonathan mâche machinalement. Il trouve toutefois la force de plaisanter et de raconter son séjour en Malaisie en inventant mille détails imaginaires. Elle rit. Il se demande s'il va lui donner le dessin de Min. Est-ce la peine de lui dire qu'il est allé en Chine à cause d'elle ? Quelle explication fournir ? Il faut éviter à tout prix qu'elle le croie amoureux !

Trop tard, la lumière de la cuisine est éteinte, le gâteau d'anniversaire sur la table. Elle allume la bougie.

– Quel âge aurait ta mère cette année ? demande-t-elle.

Il invente un chiffre.

– Souffle. Vas-y !

Il souffle.

Elle applaudit.

Il la trouve dans l'obscurité. Au diable la prudence, le calcul, la dissimulation. Il a envie de la surprendre et de se surprendre. Il a envie d'être bon le jour de son anniversaire. Elle doit retrouver Min pour en finir avec lui. Le portrait la déliera de son engagement avec un mort. Libre, elle va sentir son corps, connaître le plaisir, et lui, Jonathan, pourra s'effacer.

– Viens au salon, murmure-t-il à son oreille, j'ai un cadeau pour toi.

Il la fait asseoir au milieu du canapé. Il lui demande de fermer les yeux et pose l'aquarelle de Min sur ses genoux.

– Qu'est-ce que c'est ?
– Regarde.

Elle saisit le dessin en souriant.

– Qui est cette petite fille ?

Il est saisi de vertige.

– Tu l'as trouvé en Malaisie ? l'entend-il dire. C'est joli. Merci !

Soudain il réalise qu'il doit lui retirer ce dessin. Trop tard. Déjà elle le retourne et découvre les mentions en chinois.

Elle lit lentement, tête baissée. Elle se concentre sur des textes qui ne sont pourtant pas longs.

Jonathan retient sa respiration.

Lentement, elle relève la tête. Il découvre dans ses prunelles une lueur cruelle. Il sent la tension de ses muscles, de ses nerfs à vif. Il y a dans son immobilité quelque chose d'animal, comme un prédateur qui s'apprête à bondir sur sa proie. Il ne bouge pas : non, il n'a pas peur d'elle, c'est elle qui a peur de lui ! Elle ignore comment il s'est procuré ce portrait. Elle ignore qu'il est allé à Pékin. Elle ignore qu'il ne soupçonnait pas qu'elle ne reconnaîtrait pas l'aquarelle. Elle ignore que personne n'est au courant, que personne ne se tient derrière Jonathan. Elle ignore qu'il n'y a pas de mise en scène, pas de piège, pas d'enregistrement.

Sans bouger, il lui sourit. La femme qui prétend être Ayamei l'examine. Elle doit réfléchir sur la signification de ce sourire et évaluer le danger qu'il dissimule. Soudain, son visage se détend. Elle se lève et s'avance vers lui.

– Pourquoi me ramènes-tu Min alors que j'ai pris la décision de l'oublier ? Tu as joué avec moi, Jonathan. Tu ne m'aimes pas.

Sa paranoïa lui a-t-elle encore joué un mauvais tour ? Et si la fausse Ayamei était la vraie ? Si elle avait oublié certaines images d'une période douloureuse de sa vie ? Après tout, elle n'avait que quatorze ans à l'époque, et elle en a trente-sept aujourd'hui.

Jonathan fait vers elle un pas hésitant et lui tend les bras. Il faut qu'il la retienne. Il faut qu'il vérifie. Elle ne peut pas être un mensonge. Ce serait un désastre pour lui, pour ses supérieurs, pour tous ceux qui les observent dans l'ombre !

Elle le fixe intensément. Deux rangées de larmes coulent sur ses joues. Bon Dieu, pourquoi pleure-t-elle ?

Soudain elle pivote et se dirige vers la porte. Il n'a pas le courage de s'élancer vers elle. Avant qu'il se décide, elle a disparu après avoir claqué la porte.

四

22 h 15

Le premier matin qu'il s'est réveillé dans le lit d'une femme, il avait seize ans. Le mari de Jane était en voyage. Au cœur de la nuit, elle l'avait enlevé dans une fête et elle l'avait conduit chez elle, seins blancs à l'air dans sa voiture rouge décapotée. Ils étaient montés dans la chambre et il avait éjaculé dès qu'elle avait mis son sexe dans sa bouche. Il s'était excusé en accusant l'alcool de l'avoir empêché de se retenir. Ce fut son premier mensonge intelligent.

Ce matin-là, dans les bras de Jane, il avait fait un étrange rêve : l'autocar en direction de Los Angeles avait roulé dans le sens opposé et le chauffeur l'avait fait descendre dans une région inconnue. Le ciel était très bleu, très bas. De chaque côté de la route, des millions de nénuphars roses, pourpres, mauves, jaunes, bleus, s'épanouissaient sur des étangs à l'infini. Au réveil, il avait conclu que la femme était une fausse route menant vers la splendeur des nénuphars.

Jane, que devient-elle ? Elle doit tricher sur l'âge et confier corps et visage aux dermatologues et aux chirurgiens. Elle doit ressembler à toutes ces femmes qui se ressemblent. Vingt-deux années se sont écoulées sans qu'ils se revoient. Saurait-il la reconnaître si jamais il la croisait à nouveau ?

Une odeur de cactus, de lauriers et d'océan sous le soleil revient dans sa mémoire. A dix-huit ans, il avait passé plusieurs dimanches avec Kate dans une petite maison en bois, à quelques pas de la plage. Il faisait beau. Il fait toujours beau dans son pays natal. Ils avaient beaucoup fait l'amour en écoutant de la musique. Elle avait trois ans de plus que lui et lui avait expliqué qu'ils devaient jouir en même temps. Il entend encore les cris de Kate mêlés à ses propres gémissements, mais il ne se souvient pas de l'intensité du plaisir qu'il avait éprouvé. Le temps a conservé l'enveloppe de la jouissance et effacé son contenu.

Après Kate, il n'a plus connu l'épuisement insouciant du dimanche. En rencontrant Cathy, il a tourné le dos à sa destination et marché vers son destin. Il se souvient de sa taille élancée aux fesses lourdes, de ses cheveux roux, de son regard mordant, il revoit ses lèvres minces aux couleurs de framboise, mais il ne se rappelle ni la caresse de ses mains ni le goût de ses baisers. Cathy, encore vivante, est déjà un fantôme errant dans sa mémoire.

Dans la salle de conférences de l'université, elle s'asseyait à côté de lui. La première fois qu'elle s'adressa à lui ce fut devant la machine à café. Elle lui sourit. Le sourire s'était enfoncé en lui comme un poignard. Tout avait commencé avec cette première blessure.

Cathy apparaissait et disparaissait. Elle entrait dans sa chambre et, sitôt repartie, s'évanouissait. Elle changeait les horaires de rendez-vous, s'absentait des semaines durant, et surgissait quand il démarrait sa voiture, quand il sortait d'un supermarché, quand il entrait dans un bar. Il n'y eut ni balades au bord de l'océan, ni réveils corps contre corps, ni conversations téléphoniques saturées de niaiseries amoureuses. Cathy était une mutante, une femme pressée et précise, une créature de charme qui avait subi jusque dans l'âme la chirurgie mise au point par le monde du renseignement : sa tendresse n'était que le résultat d'un remodelage réussi ; son humour, le silicone d'un cœur sec. Sa sensualité était un leurre destiné à attirer le jeune homme dans un labyrinthe. Elle lui faisait perdre la tête avec froideur et méthode jusqu'au jour où elle lui révéla la véritable identité de son père qu'il croyait mort : un agent de la CIA passé à l'Est. Cathy l'avait brisé, puis l'avait recollé. Un matin, dans le miroir, il ne s'était pas reconnu. Il n'était plus l'étudiant David Parkhill. Il était devenu l'agent Bill Kaplan.

Il y a quatre ans, il a connu le vertige de la solitude et voulu réussir là où son père avait échoué : donner du bonheur à sa famille. Isabelle, rencontrée dans un avion, lui rappelait sa mère : mince, brune, élégante et française. Il la voulait comme un ancrage dans ce monde terrestre, une obligation de ne pas mourir. Mais Isabelle n'eut pas la force d'accepter son offrande. Alors qu'après maintes enquêtes la Compagnie lui avait enfin délivré l'autorisation de révéler son vrai nom et son véritable métier, lasse de ses fréquentes disparitions, elle était tombée amoureuse d'un pilote et l'avait épousé.

Après Isabelle, des consommations sexuelles. Visages, cheveux, seins se confondaient et ne laissaient qu'une vague sensation de couleur et de bruissement. Il n'aurait pu dire quel corps s'était dénudé pour lui ni dans quel hôtel. Singapour, Kuala Lumpur, Jakarta, Séoul, Hong Kong, Tokyo, Pékin, toutes les villes se ressemblent, dégagent une odeur de danger mêlée au parfum de la femme. Il n'a pas connu l'amour et il ne le regrette pas. Sur cette terre, l'amour n'est que le revers de la haine et tous deux sont une aliénation.

Pourquoi Ayamei s'est-elle comportée comme une étrangère devant son portrait dessiné par Min ? Pourquoi Min s'est-il tué ? Pourquoi Bill Kaplan, le funambule marchant au-dessus des illusions terrestres, a-t-il été ensorcelé par la femme qui avance sur le même fil ? Lui, l'homme initié aux secrets de ce monde, lui qui conspire dans l'ombre, qui lit les journaux avec un sourire narquois, lui qui manipule ses semblables, pourquoi a-t-il cru aux mensonges d'une Chinoise ? Est-elle plus rusée et plus déterminée que lui ? Ou s'est-il rendu volontairement crédule ? Il n'a rien compris à l'amour. Il n'a rien compris à la femme. Il ne connaît plus son métier. Serait-il devenu fou ?

Dans la nuit, contre un ciel opaque, la tour Montparnasse dresse sa silhouette phallique. Bill s'aperçoit qu'il a oublié de tirer les rideaux et qu'il s'est jeté sur le lit tout habillé. Il consulte sa montre : vingt-deux heures quarante et une.

Si elle n'est pas Ayamei, il est normal qu'elle n'ait pas reconnu l'adolescente idéalisée. La vérité est une déduction mathématique. Ayamei arrêtée, les services secrets chinois l'auraient remplacée par l'une des leurs. L'imposteur se serait échappé de Chine continentale et, après deux ans de « cavale », réfugié à Paris. Il était alors facile de justifier certains changements physiques. Tous les liens avec la Chine étaient rompus : son père est mort d'une attaque cardiaque en 1989, sa mère dans un accident de voiture en 2001. Elle pouvait donc renaître sans crainte en France. Sous la couverture de l'héroïne de Tianan men, l'espionne aurait pris le contrôle du mouvement démocratique chinois, infiltré le milieu politique français, créé un réseau d'influence et de renseignements dont le siège se situerait deux étages au-dessus de chez lui !

Bill repense à sa première rencontre avec celle qui prétend se nommer Ayamei. Dans le hall de l'immeuble, elle l'a examiné avec une minutie professionnelle. Dans le jardin du Luxembourg, elle a échangé des livres avec ses disciples chinois qui doivent lui servir de boîtes aux lettres. Il se remémore son appartement rangé, trié, nettoyé, à l'exception des cartons contenant des photos prises en tant qu'Ayamei et des articles sur Tianan men. Il comprend maintenant le sens de son allure, cette raideur militaire, son obsession des muscles, les arts martiaux qu'elle pratique avec assiduité.

Il se souvient de leur premier tête-à-tête. Ses mains ne bougeaient pas pendant qu'elle parlait : seuls les agents entraînés possèdent cette maîtrise de l'émotion. La première fois qu'elle lui a raconté Tianan men, elle a annoncé : « Le remède de cette Chine moderne n'est pas la démocratie. » La première fois qu'ils ont fait l'amour, elle lui a dit : « Je suis une marionnette, des gens invisibles tirent les ficelles pour me faire bouger. » Comme un imbécile, il lui a répondu : « Nous sommes tous des marionnettes dans un monde d'illusions. »

Cette femme est son double. Pourquoi ne s'est-il pas reconnu ? Comment a-t-il pu être sourd et aveugle ?

Elle l'a séduit alors qu'il croyait l'avoir séduite.

Elle a joué avec lui alors qu'il se culpabilisait d'avoir joué avec elle.

Il frotte ses tempes pour chasser un début de migraine faciale. Ayamei a engagé depuis longtemps Philippe Matelot pour le compte des Chinois. Elle l'a mobilisé à nouveau pour transmettre des informations truquées aux Américains. Grâce à Bill Kaplan alias Jonathan Julian, ce tour de magie a été un jeu d'enfant.

Il a cru en elle. Ses supérieurs ont cru en lui. Ils lui ont adressé leurs félicitations, lui ont parlé d'une promotion. Ils sont tous intoxiqués.

Ce n'est pas ma faute, pense-t-il. Cette colossale erreur n'est pas ma faute. Je n'ai fait qu'exécuter...

Bill se lève d'un bond. Il jette son costume par terre et retrousse les manches de sa chemise. Il démonte sa lampe, son portable, son réveil, son chevet, son lit, son bureau, son ordinateur, les toilettes, les lattes du plancher. Il transpire. Il arrache sa chemise et vérifie les semelles de ses chaussures. Il a fouillé tous les recoins. En vain. Pas de caméra. Pas de micro. Pas d'enregistreur. Elle n'a rien installé chez lui. Il n'a rien installé chez elle, excepté la caméra pour filmer Philippe Matelot. Ils n'ont fait que tricher avec des mots. Ils ne se sont servis que du regard et du sexe pour stimuler le pouvoir du mensonge.

Qui est-elle ? Quel est son pseudo, son véritable nom, sa formation ? Tout à l'heure, elle a été déstabilisée et il aurait dû en profiter pour lui extirper un aveu.

Mais il a eu le vertige de la vérité. Il a hésité. Il a reculé. Il l'a laissée fuir.

Pourquoi est-il devenu si faible ?

Elle n'est peut-être même pas frigide. Sa frigidité n'était qu'une diversion stratégique. Voyant sa virilité défiée, il s'est acharné à lui donner du plaisir. Il s'est épris d'une femme sur laquelle il n'avait pas prise. D'où l'accablement de sa puissance sexuelle. D'où la culpabilité de son orgueil condescendant. D'où l'erreur d'avoir eu pitié d'elle. D'où son aveuglement et sa surdité.

Dès le premier jour, elle a su qu'il n'était pas Jonathan Julian. Elle a découvert qu'il était entré dans son appartement et elle a sûrement visité le sien. Elle a probablement écouté son téléphone, téléchargé ses fichiers, et lui a collé une filature discrète. Patiemment, elle a dû déchiffrer ses codes, découvrir ses relais, remonter son réseau. Ses empreintes digitales sont certainement fichées à Pékin. Il est grillé !

Bill s'effondre sur le canapé et plonge la tête entre ses mains.

Il n'a pas le choix, il faut la retourner. Il faut qu'elle explique ce qu'elle a fait. Il faut qu'elle manipule Philippe Matelot pour de bon. Il faut qu'elle poursuive son rôle et lui le sien.

Péniblement, il se lève et se dirige vers la cuisine. Devant le réfrigérateur, il se sert un verre d'eau et avale deux cachets d'aspirine. Puisqu'il est nu à ses yeux, il ira frapper à sa porte à découvert.

Il lève son verre d'eau et fait mine de trinquer.

A toi, la plus brillante agente que j'aie jamais rencontrée ! Après Tianan men, Ayamei a été arrêtée en secret. Tu as pris son identité et tu as plongé dans la baie de Hong Kong. Tu as demandé l'asile politique en France. Tu as appris le français et tu t'es imprégnée de sa culture. Le Cercle des amis de la démocratie en Chine t'a permis de recevoir un financement de Pékin en toute tranquillité. Tu as rencontré Philippe Matelot, tu l'as corrompu. Grâce à lui, tu es devenue le professeur de députés et d'hommes d'affaires. Tu as récolté des renseignements, puis tu t'es mise à tirer les ficelles. Ces hommes sortis des grandes écoles ne sont que tes petits jouets. Mes félicitations ! Quel résultat éclatant en si peu d'années ! Je suis admiratif de ton audace, de ta patience et de ton talent.

L'aspirine fait de l'effet et la migraine de Bill s'atténue. Il voit plus clair.

Ayamei, pardon, je suis obligé de t'appeler Ayamei, à moins que tu ne me révèles ton autre nom, tu es un phénomène dans le monde des espions ! L'autre soir, tu es partie trop vite. J'avais apporté ce dessin afin de te révéler un danger. Oui, Ayamei, ta carrière tient à un fil et ta vie est menacée. Ceux qui connaissent ta véritable identité peuvent te dénoncer. Ton pays, puni d'un embargo sur les ventes d'armes après Tianan men, ne peut s'offrir le luxe d'un nouveau scandale lié à ce passé. Il refusera ta mise en examen par les juges français, ta photo à la une des journaux accompagnée de titres explosifs du genre « L'incroyable aventure d'une espionne devenue l'égérie des Droits de l'homme ». Pékin aidera Ayamei à se suicider.

Bill poursuit son va-et-vient dans sa cuisine et argumente dans sa tête.

Voilà, je suis venu t'offrir le choix : « Be either with us or against us. » Avec nous ? Tu auras un formidable avenir. Contre nous, tu mourras. Pourquoi nous, les Américains, protestons-nous contre la levée de l'embargo européen ? Parce que nous voulons aussi vendre des armes aux Chinois. Nous avons besoin de toi pour nous aider dans la compétition. Ta contribution sera récompensée. Tu travailleras pour l'amitié des deux empires qui se partagent l'avenir du monde. Nous ne te demandons pas de trahir ton pays, mais de choisir entre l'Europe et les Etats-Unis. Veux-tu un conseil d'ami ? Quand une belle femme doit choisir entre deux prétendants, elle prend le plus riche, le plus beau, le plus puissant.

Il imagine qu'une lueur s'allume dans le regard glacé d'Ayamei.

La Chine est en pleine croissance économique. Le régime s'assouplit de jour en jour. Bientôt le parti communiste sera prêt à accepter le changement ultime. Nous, le premier partenaire de la Chine, au moment voulu, nous soufflerons cette idée aux Chinois : « Ayamei, l'héroïne de Tianan men, est la candidate idéale pour une élection démocratique. » Gandhi, Nehru, Mandela, Václav Havel, la Pakistanaise Benazir Bhutto, la Philippine Cory Aquino ont connu la persécution et la prison avant d'être acclamés et de devenir les leaders de leurs nations. Ton peuple et ton parti te verront revenir avec enthousiasme. Tu incarneras l'espoir. Nous te soutiendrons. Nous financerons tes campagnes. Au lieu d'être cette femme sans identité, condamnée à vivre dans l'ombre, nous te pousserons vers la lumière. Au lieu de sombrer dans l'oubli de l'Histoire, tu te trouveras au sommet de l'humanité.

Bill a conscience qu'à ce stade il faudra lui donner un gage.

Je me présente, Bill Kaplan. Hier, nous avons fêté mon anniversaire. Mon père a abandonné ma mère quand j'étais enfant. Il s'est tué dans un accident de voiture. Ma mère était française. Elle est décédée il y a huit ans, terrassée par un cancer. Mes grands-parents vivent toujours en France. Nous irons les voir un jour, qu'en dis-tu ? Et toi, comment t'appelles-tu ? Ta famille vit-elle toujours en Chine ?

Bill regagne le salon. Son regard balaie les dégâts qu'il a causés. Au pied de la cheminée, gisent les anémones que la Chinoise lui a apportées. Plus loin, les livres et les CD avec leurs pages arrachées et leurs étuis ouverts. Contre un mur, un vase brisé.

Il va jusqu'à la télévision et se met à assembler les pièces qu'il a démontées.

Elle fonctionne à nouveau !

Les hommes, les animaux, les forêts et les villes défilent. Ce monde est un patchwork d'images que l'on peut coudre, découdre, recoudre.

Tant qu'il n'y a pas de châtiment, il faut se forcer. Il faut continuer.

22 h 45

Au buffet qui suit la première de *La vie est un cadeau*, Philippe Matelot est abordé par François Vigot, un ancien du Quai d'Orsay reconverti dans les affaires.

– Salut, Philippe, tu as aimé le film ?
– Oui, dit-il par respect envers le metteur en scène qui se trouve à trois pas de lui. Et toi ?

L'ex-diplomate claironne :
– Une connerie ! Maintenant, il n'y a plus que des conneries en France.

François a encore grossi. Son front luit. Son menton tremble. Il tient sans complexe entre ses mains une large assiette remplie d'un assortiment de gâteau au chocolat, de crème brûlée, de glace à la vanille et d'un éclair au thé vert.

Le réalisateur se retourne, Philippe tire François vers le fond de la salle.

– Tu n'as pas besoin de crier. Dis-moi pourquoi la Chinoise m'a fait écrire ces lettres ?
– Ah, ah, je savais que tu allais me poser cette ques-

tion. Tu devrais goûter ce gâteau au chocolat, il a sauvé ma soirée !

– Je n'ai plus faim...

– Bon, accroche-toi à cette colonne, dit François après avoir jeté autour d'eux un coup d'œil rapide. Le monde chinois se déchire. Le Président actuel ne supporte plus son Premier ministre qui affiche publiquement son ambition de mieux gouverner la Chine. Pour lui faire plaisir, les fidèles du Vieux ont mis sur pied une manœuvre. D'après mes sources, les lettres que ta « protégée » t'a demandé de falsifier ont été transmises au siège de la CIA. De là, une taupe en a immédiatement envoyé une copie à ses responsables chinois. A Pékin, le scandale a secoué toute la classe politique. Le Président a convoqué le Premier ministre pour une explication. Une enquête est en cours.

– Que décident les services français ? Que dois-je faire ?

– Rien. Ce Premier ministre est un démocrate en herbe et un excellent économiste. Laisse le Vieux l'abattre. Ça ralentira leur croissance pendant cinq ans... C'est tout ce que l'on peut faire.

– Et les Américains ?

– Les Anglais étaient d'accord pour la levée de l'embargo. Ils ne le sont plus. On peut éventuellement retourner les Néerlandais qui ont aussi voté non à la Constitution. L'Europe a éclaté. La France va mal. J'emmerde les Américains qui veulent nous piquer tout : les contrats, les alliés et les médailles d'or.

– Et moi ? Ça fait sept ans que je collabore avec vous. Je suis fatigué. Ma femme veut me quitter. Mon ministre m'engueule. Les Américains m'ont repéré.

J'ai de plus en plus d'ennemis. J'aimerais bien que tu me tires de là.

– Toi ? Ne bouge surtout pas ! Je veux vendre ces foutus métros aux Chinois. Dis à Ayamei qu'on est prêts à doubler sa commission. Et la tienne, évidemment.

23 h 03

« La porte de l'ascenseur s'est ouverte et je t'ai vu. Tes yeux se sont tournés vers moi. Tu m'as soupesée. Tu m'as évaluée comme ces joueurs de poker qui parviennent à deviner les cartes adverses. Tes prunelles se sont mises à pétiller. Tu m'as souri.

» Qui es-tu ? Quel est ton vrai nom, ton visage véritable ? De toute la journée je ne suis pas arrivée à oublier ce sourire qui me paraissait attirant et repoussant. Je dois avouer qu'avec l'âge je suis de plus en plus paranoïaque. Les sirènes dans la nuit, les inconnus qui m'apostrophent, les hommes qui se retournent, tous m'alertent sur un éventuel traquenard.

» Quand tu m'as invitée à prendre le petit déjeuner, tu m'as demandé si j'avais peur de toi. Oui, Jonathan, tu me terrifiais ! Tes paroles étaient pleines d'allusions, tes actes réfléchis. Ton appartement, avec ses meubles sans usure et ses faux souvenirs, est le terrier d'un espion qui n'a pas de passé.

» Personne ne peut demeurer impuni, personne ne peut tricher éternellement, personne ne peut triompher jusqu'à la fin de sa vie, tous les héros ont été vaincus. Je t'ai laissé venir vers moi, incapable de faire le moindre mouvement. Paralysée par la peur, j'ai perdu mon sens de la défense. Longtemps j'ai appréhendé un exterminateur qui allait abattre son glaive sur ma tête. C'est toi qui es venu.

» Cependant, tu m'as laissée gagner la première manche. Jonathan, tu es un maître de la manipulation ! Tu es meilleur espion ! Tu m'as fait croire que tu ignorais mon double jeu et qu'Ayamei était ta cible. Ainsi, tu as réussi à atteindre Philippe Matelot, à le filmer dans mon lit, et à obtenir à travers lui des copies de dossiers confidentiels.

» Mille fois tu m'as souri. Mille fois tu m'as embrassée. Mille fois tu m'as serrée dans tes bras et m'as murmuré des mots tendres. J'aimais ton corps musclé, ton odeur qui me rappelle les arbres du Luxembourg. J'aimais ton humour intelligent, tes mensonges flagrants. J'aimais ton poignet gauche qui porte une montre lourde, le dernier gadget de la CIA. J'aimais te sentir en moi ! Le fait que tu me prenais pour Ayamei, que je te communiquais des documents falsifiés, qu'à ton insu tu étais devenu mon jouet, que mes mensonges avaient toujours une longueur d'avance sur les tiens avait dissipé ma crainte. Ta séduction calculée m'a intriguée. J'ai retrouvé la joie d'une petite fille qui aimait apprivoiser les dangers. Plus de soirée triste et solitaire, plus de monologue intérieur, crise paranoïaque, vérification obsessionnelle. Tous les miasmes d'une pensée malade ont été chassés. Je me suis découverte belle. Pour les autres, je ne suis qu'une ombre. Pour toi, je me suis aperçue que j'existe ! J'ai cessé de me haïr. J'ai consacré tout mon temps de loisir à tricoter un filet de soie et d'acier. Je voulais anticiper ta stratégie, retourner ton jeu, prévenir ton désir, te servir, me servir, me laissant envahir pour mieux t'occuper. Je voulais te conquérir comme tu voulais me posséder. J'allais à chacun de nos rendez-vous comme un soldat qui va au combat, afin de gagner ta confiance, ta faiblesse et cette unique vérité insoumise, inviolable, incorruptible : amour. Es-tu capable d'aimer ? Suis-je capable d'aimer ?

» Mon corps, après tant d'années d'insensibilité, s'est soudain dégelé et mis à vibrer. Comment t'avouer que j'étais ivre de cette sensation nouvelle ? Comment croire que l'espionne est folle de désir pour un espion dont la mission consiste à la rendre folle de désir ? Oui, "Ayamei", la rebelle de Tianan men, et moi, le colonel Ankai, nous avons perdu la tête.

» Ce soir, tu as abattu la dernière carte. Le jeu est fini. Ma seule consolation est d'avoir feint la frigidité. Tu as tout raflé : l'orgueil d'être une bonne agente, la confiance dans mon jugement, la fierté d'être invincible, excepté cette image de la femme insensible et inatteignable.

» Quel culot ! Quelle perfection ! Tu m'as fait croire que tu me prenais pour Ayamei. Tu m'as demandé de voler des documents et j'en ai profité pour te passer des informations intoxiquées. Tout a fonctionné comme dans une histoire d'espionnage. En réalité, tout n'était qu'une histoire de contre-espionnage. Tu savais qui j'étais. Grâce à la vidéo et aux documents "volés", tu as constitué les preuves de ma culpabilité : je couchais avec un fonctionnaire de l'Etat français pour dérober des documents classés secret défense. Après avoir accumulé suffisamment de pièces à conviction, tu as sorti ce dessin pour me confondre. Ton intention n'était pas de transformer Ayamei en espionne, mais de piéger l'espionne Ankai.

» A l'instant où j'ai reçu le portrait d'Ayamei, je t'ai haï si intensément que j'ai décidé de te supprimer. Puis, encore une fois, hélas, la raison a vaincu l'impulsion. A quoi bon t'en vouloir ? Tu n'es qu'un pion poussé par tes maîtres de Washington. Tu n'as fait qu'obéir aux ordres. Ton intelligence est nourrie par l'Intelligence américaine qui cherche à contrer, sur l'échiquier du monde, l'Intelligence chinoise. Ton cadavre défenestré, découvert au pied du 21 place Edmond-Rostand, ferait accourir les juges et les journalistes. Une information judiciaire serait ouverte et les officiers de la CIA débarqueraient à Paris. Les titres dans les journaux s'enflammeraient. L'Amérique proteste, la France conteste, la Chine clame son innocence. Les représailles se succéderaient : diplomates expulsés, visas refusés, sanctions sur les importations, chute boursière...

» Tu as marché vers moi et m'as tendu tes bras. Ma haine s'est soudain évanouie, je me suis rappelé que ton corps m'a donné du plaisir, que ton langage m'a fait rire, que ton apparition a illuminé ma vie. Dans cette guerre mondiale qui est en cours, tu n'es qu'un soldat comme moi. Comme moi, tu es mal payé pour un travail risqué. Comme moi, tu n'as pas de sommeil tranquille, pas de vacances sans dépression. Comme moi, tous les matins, tu t'obliges à te souvenir, mot pour mot, des mensonges improvisés la veille. Comme moi, les soirs calmes, lorsque le stress a pris fin, tu es seul devant la télévision. Tu regardes le monde à travers cette minuscule fenêtre, pareil au prisonnier enfermé dans une cellule individuelle. Comment te dire que je te comprends et que je te pardonne ? Nous ne pouvons rien nous dire. Nous n'avons rien à nous dire. Nous avons été formés à garder les secrets, à ne pas avoir de sentiments. Parler m'aurait affaiblie et t'aurait encouragé à me faire chanter.

» Demain, tu me menaceras, me consoleras et me feras des propositions. Ta prochaine étape : m'offrir le choix entre la garde à vue chez un juge français ou travailler pour la CIA. Je prendrai la parole, je verserai des larmes et ferai des contre-propositions. Je t'expliquerai que travailler avec les Chinois te permettrait d'avancer plus vite dans ta carrière, qu'il serait facile de faire croire à tes supérieurs que tu m'as retournée. Mon statut d'agent double couvrirait le tien. Avec mon aide, tu aurais d'importantes "informations" qui feraient de toi un spécialiste en matière de renseignement chinois. Tu serais remarqué et promu. A Washington, les hommes de l'ombre devenus publics pourraient te proposer de sortir de l'anonymat et de t'engager dans la politique. Car, grâce à moi, tu aurais également accès au gouvernement français...

» Jonathan, ce monde est insensé ! Les menaces, les larmes, les déclarations, l'argent, la drogue, la séduction ne sont que numéros de voltige. Plus haut nous nous lançons vers le vide inaccessible aux hommes, plus bas nous retomberons dans l'abysse où se débattent tous les manipulateurs et manipulés. Entre toi et moi, ce sera toujours le concours de la cruauté, la lutte des tricheries, une sale guerre.

» Je ne connais pas ton sentiment, je t'ai déjà confessé le mien ; j'ai baissé les armes et je t'ai demandé la paix : "... voilà un homme que j'ai aimé avec mon cœur, un homme dont j'ignore le nom, le passé, le futur. Un homme que j'ai croisé près du Luxembourg et durant les quelques instants que nous avons passés ensemble, je l'ai aimé autant que j'ai pu !" »

Les larmes tombent du menton d'Ankai et s'écrasent sur la feuille de papier. Sans se préoccuper des taches d'encre qui se propagent, effaçant les mots, elle poursuit sa lettre. Son stylo court nerveusement et transperce par endroits le papier.

« Je suis née à Deng Feng, une minuscule ville, invisible sur la carte du monde, située dans la province de Henan. Ma mémoire commence à l'orphelinat de Kai Feng, avec la faim. J'avais faim. En été, les fruits sauvages et les herbes laissaient sur ma langue leur goût acide. Je passais mon temps à rôder dans les bois, à la recherche des chenilles de cigales que je faisais griller. C'était mon seul régal. Et l'hiver arrivait, horrible saison ! Mes mains gercées saignaient. Sans eau chaude, chaque semaine, nous entrions sous une douche glacée à coups de pied. Je grelottais. De froid et de faim.

» A six ans, assise à califourchon sur le mur de l'orphelinat, je regardais avec envie les enfants marcher fièrement dans la rue, le cartable battant leurs fesses. Je voulais moi aussi aller à l'école ! Je harcelais la directrice. Je lavais tous ses vêtements et l'accablais de cadeaux : une fleur, une cigale, un oisillon. Elle a fini par céder. A sept ans, j'ai découvert le monde.

A l'école, on se moquait de mes cheveux hirsutes, de mes chaussures usées, des bouts de crayon ramassés dans la poubelle. Je me bagarrais avec les garçons qui me traitaient d'enfant de pute. Le soir, quand les orphelins allaient se coucher, je devais rester pour coller des boîtes d'allumettes, un fen la pièce, pour m'acheter les manuels scolaires. Je grandissais plus vite que les autres. A dix ans, j'atteignais la taille des garçons de quatorze ans. A l'école, je commençai à imposer ma loi. Je devins chef d'une bande qui accordait sa protection aux élèves qui nous faisaient offrande. Ma vie s'était améliorée. En été, je rapportais à l'orphelinat des fruits, des graines de lotus, des gâteaux ; en hiver, des patates chaudes, des poissons séchés, des coings caramélisés. A treize ans, je régnais sur une vaste zone où les voyous se disputaient pour m'avoir sur le porte-bagages de leur bicyclette. Ces garçons forts et violents se pliaient devant moi afin de pouvoir m'embrasser, me toucher, exhiber leur sexe. J'échangeais sans hésiter dix minutes de patience contre leur serment de se battre pour moi. Je provoquais des rixes et prenais le contrôle de nouveaux territoires. A cette époque, j'avais déjà un nom de code. On m'appelait, avec respect et crainte, 437. Ce numéro provenait des trois premiers chiffres de la plaque d'immatriculation de ma bicyclette.

» Au lycée, je jouais l'élève modèle. Je me faisais apprécier par mes notes, les meilleures des cinq classes de mon cycle. J'étais un exemple de discipline. Bientôt, le lycée me nomma déléguée générale à la Culture en raison de mes talents multiples : chant, danse, sens de l'organisation des fêtes. Ma double existence aurait pu se prolonger s'il n'y avait eu la grande bataille pour l'annexion des quartiers nord de la ville. Plus de trente jeunes ont été arrêtés par la police. Voulant sauver à tout prix mon second qui était blessé, je fus arrêtée à mon tour par les flics. Ils trouvèrent un couteau pliant dans la poche de mon pantalon. Ma garde à vue dura une éternité. Les flics m'ont cassé le nez et frappée avec une ceinture. Ils m'ont affamée et m'ont menacée avec un pistolet posé sur la tempe. La violence des hommes m'a révoltée. J'ai décidé de mourir et de ne jamais avouer. J'ai menti avec aisance : "Je suis passée là par hasard ; on a glissé ce couteau dans ma poche. Je n'avais pas de complice. Je suis la déléguée générale à la Culture de mon lycée..." Un homme traînait toujours par là quand on me torturait. Il a fini par me parler. Il connaissait tout de moi et m'a proposé de choisir entre l'enfermement dans une école correctionnelle ou de le suivre dans l'armée pour devenir défenseur du peuple. Je lui ai répondu que, dans les deux cas, je serais nourrie gratuitement par le Parti, et que, par conséquent, je laissais le choix au Parti.

» J'ai quitté la ville le lendemain avec lui, sans avertir personne. Nous avons pris le train vers l'ouest, puis un bus qui a roulé vers le nord, puis une Jeep militaire. La caserne se situait dans une plaine où, sur des kilomètres, on ne voyait pas un village. On m'a rasé la tête, on a jeté mes vêtements civils et on m'a donné deux uniformes, deux casquettes et deux paires de chaussures. Une fois habillée, je me suis présentée à un bureau où l'on m'a dit que mon ancienne fiche d'état civil avait été effacée et qu'une nouvelle venait d'être créée. J'ai perdu le nom donné par l'orphelinat et pris celui inventé par l'armée.

» Nous étions une trentaine de recrues entre quatorze et seize ans. La première année fut dure. Certains s'évanouissaient pendant l'entraînement. D'autres recevaient des gifles. En été, le soleil nous brûlait le cerveau. En hiver, le vent nous fouettait le visage. Les repas étaient maigres. A nouveau, j'étais obsédée par la faim. En secret, je mangeais des écorces d'arbres et des racines pour tenir. Au bout de deux ans, vingt d'entre nous disparurent. Que sont-ils devenus ? C'est un secret auquel personne n'a jamais obtenu de réponse.

» A seize ans, je fus envoyée dans un autre camp. Je connus un sentiment nouveau, indicible, mêlé d'audace et de tremblement. Je tombai amoureuse de mon instructeur. Il était grand et avait des épaules fortes. C'était un agent double qui avait réussi à se faire entraîner par le KGB, un exemple de courage et d'intelligence. La vie à la caserne a pris un teint coloré. Les exercices les plus éprouvants devenaient un plaisir. J'ignorais comment une femme séduit un homme. Le seul moyen que j'avais trouvé pour exprimer mon sentiment était de me glisser dans son dortoir, les jours de congé, pendant qu'il jouait aux cartes avec les officiers. Je lavais ses chemises et ses chaussettes et m'éclipsais avant son retour.

» A dix-sept ans, j'ai découvert la mort. Une fois par mois, nous devions traquer des condamnés lâchés dans la forêt et les exécuter. La mort, c'est l'odeur de la peur que libèrent les agonisants. Tuer me comblait, me procurait une excitation qui me hantait des jours durant avant de disparaître, créant le manque et l'envie de tuer encore. Il y avait aussi la simulation du suicide.

Seringues, pilules, pistolets, poignards me glaçaient, mais je me sentais rassurée. Mieux vaut mourir que d'être arrêté ! Les exercices d'interrogatoire et de torture étaient pratiqués dans les deux sens. A tour de rôle, nous devenions tortionnaire et martyr. Je frappais, étranglais. J'étais battue, électrocutée. Mon épaule fut fracturée. De l'eau pimentée fut versée dans mon nez, une aiguille plantée sous un ongle, un fer fumant posé sur une cuisse. Je fus enfermée dans un cachot pendant deux mois, nourrie d'un maigre repas par jour.

» Quand je revis le soleil, je compris que j'étais prête à marcher sur les cimes glacées de l'humanité. Je venais de dépasser mes propres limites. J'irais encore plus loin. La douleur est une drogue. J'avais un objectif. Je savais que mon sacrifice personnel concourait à l'espoir d'un monde immaculé, paisible et heureux. Je rêvais qu'un jour aucun enfant ne souffrirait d'abandon, de faim, que tous pourraient aller à l'école et participer à leur tour à la construction d'une société encore plus prospère pour les générations futures.

» A dix-huit ans, première leçon sur la sexualité. Un plan suspendu au tableau, le médecin militaire nous expliqua le fonctionnement de nos parties génitales. Mon instructeur m'appela dans la salle de projection et me fit voir un film pornographique japonais. Il ne fournit aucun commentaire. Au cours de la séance, il m'ordonna de me dévêtir et me fit une démonstration. Il prit la précaution de mettre un torchon sur la chaise et je saignai dessus. "Ne t'inquiète pas. On va te recoudre" furent ses seules paroles.

» Le soir, me cachant sous la couverture, je pleurai. Quelque chose en moi était brisé à jamais. A jamais je détesterais ces parties dites génitales. Indifférente, j'ai couché avec les partenaires désignés pour améliorer ma performance. Ce n'était qu'une torture de plus que je devais supporter et maîtriser.

» Qu'importaient mes douleurs ! J'aimais mon pays, j'étais fière de ses neuf millions de kilomètres carrés de terres fertiles et de ses cinq mille ans de civilisation. Ma mission était de le défendre contre les Japonais, les Soviétiques, les Occidentaux qui, depuis cent cinquante ans, n'avaient cessé de nous humilier et de nous spolier. Pour la revanche de mon pays, pour l'avenir de la Chine, qu'importait ma vie. Qu'elle soit courte et intense !

» A dix-neuf ans, je quittai le camp avec un billet de train en poche, une enveloppe contenant de l'argent liquide, une carte d'identité et un certificat universitaire. A la gare de Pékin, j'affrontai l'immensité de la métropole. Son odeur, sa foule, ses bruissements, tout ce que je n'avais connu qu'à travers les livres et les vidéos, m'étourdirent. Personne ne savait d'où je venais et ces millions d'hommes m'étaient inconnus. La solitude dans la ville était différente de celle vécue en prison. Elle me rongeait à l'intérieur tout en m'offrant une exaltation. Pour la première fois de ma vie, je me suis sentie libre, forte et supérieure.

» Au début de l'année 1990, je fus convoquée à la Sûreté nationale. Des militaires inconnus et haut gradés m'attendaient dans une salle. L'un d'eux m'expliqua le projet, un autre me félicita, un troisième me frappa sur l'épaule : "C'est pour la patrie." J'acceptai la mission sans ciller, sans réfléchir. J'étais un soldat. Un soldat obéit aux ordres.

» L'entraînement commença une semaine plus tard, le temps que je me fasse virer par la société japonaise pour laquelle je travaillais. Je suivis l'interrogatoire d'Ayamei, visionnai ses photos, ses objets, les articles parus dans la presse étrangère. J'appris par cœur le journal intime de la captive saisi par nos soldats. Bientôt elle fut transférée dans une prison spéciale où elle occupait un appartement agréable et pouvait commander des livres, des films et cultiver des plantes. Elle ignorait que des caméras espionnaient ses moindres gestes. Dans l'appartement voisin, je mémorisais ses habitudes, ses manies, ses goûts, ses centres d'intérêt. Après avoir subi une petite opération, je vis nos différences s'effacer.

» Je ne savais rien de Paris. J'allais débarquer en France comme elle, ignorante et misérable. Mes langues étrangères étaient le japonais, l'anglais et le russe. On refusa de me laisser entendre la moindre sonorité française. Il me faudrait tout apprendre, comme elle aurait dû le faire.

» Fin juin 1991, je me rendis à Pékin pour ma dernière mission en Chine. Le 15 juillet, au volant d'une voiture volée, je fonçai sur la mère d'Ayamei et la tuai sur-le-champ. Le 1er août 1991, je me jetai à l'eau face à l'île de Hong Kong. Des projecteurs balayaient le ciel. Des balles sifflaient au-dessus de ma tête. Je regrettais d'avoir oublié de poser une question au Parti : quand pourrais-je retourner au pays ?

» Paris fait rêver le monde. La réputation de ses parfums, de son élégance et de sa culture promettait une vie agréable. Le 4 août 1991, je découvris ses rues désertes, ses magasins fermés, ses métros insalubres.

Je fus accueillie par une militante des Droits de l'homme dans son pavillon de la banlieue nord. Son chien au poil grisonnant traînait une patte cassée et ses deux chats pissaient dans le placard. Les jours parmi les plus gris, les plus froids, les plus humides de ma vie commencèrent. Je me regardais nue dans le miroir de la salle de bain pour me persuader que je n'étais pas Ayamei, que je n'étais qu'une spectatrice de cette misérable vie de réfugiée. »

Le colonel Ankai pose son stylo et se lève. Elle ouvre la fenêtre. Face à la tour Montparnasse, elle fait quelques étirements, puis revient à son bureau. Elle reprend son stylo.

« Mais comment oublier l'Ayamei que je portais dans ma chair ? La Chine et les Chinois lui manquaient. Elle ne comprenait rien à ce qu'on lui disait. Sans le langage, sans la communication, elle vivait comme un ver de terre. Puis elle commença à arpenter des salles remplies d'odeurs de transpiration pour promouvoir les Droits de l'homme. Elle revit ses amis dissidents, amers, allumés, rendus fous par le mal du pays et la découverte de la liberté sexuelle. Elle voyageait : voiture, train, avion. Je dormais avec elle dans les motels, au bord des routes perdues entre ciel et terre. J'étais là quand elle fixait le plafond, et les meilleurs moments de sa vie antérieure défilaient sans qu'elle puisse les saisir. J'étais la seule qui pouvait partager sa souffrance muette.

» Pendant ce temps, à des milliers de kilomètres, la Chine se transformait. Des chantiers géants ont englouti les vieux quartiers. Fleuves et lacs ont été asséchés pour laisser passer des autoroutes. Ma mission a évolué. On ne me demande plus de surveiller les dissidents et de saboter leurs projets. On veut de plus en plus de renseignements industriels. Les messagers de Zuzhi ne parlent plus de la révolution internationale, mais du prix des appartements à Pékin. Je vois passer en Europe des membres du Parti qui dépensent sans compter. L'Occident n'est plus notre ennemi mais notre concurrent, acheteur et investisseur. Dans cet engouement pour la richesse matérielle, la puissance militaire et la gloire diplomatique, que sont devenus nos objectifs d'abolir la pauvreté et l'inégalité ?

» J'ai lu les romans chinois à la mode dont l'apologie du sexe et de la drogue m'a choquée. Les reportages à la télévision m'ont fait découvrir une Chine inconnue. L'abondance des grands magasins dissimule la misère des adolescentes aux cheveux teints en orange et qui se prostituent dans les salons de massage et de coiffure. Les milliardaires entretiennent de multiples maîtresses, dépensent trois mille yens pour un simple repas, l'équivalent de la retraite annuelle d'un ouvrier qui voit cet argent volé par un fonctionnaire de la mairie. Pékin et Shanghai sont devenus des cités futuristes. Est-ce cela l'espoir du monde, une terre peuplée de tours sous des nuages de pollution, des hommes qui circulent comme des robots en quête d'une jouissance superficielle ? Pourquoi, comment et depuis quand notre régime s'est-il transformé en hyper-capitalisme, le fléau que nous avions mission de combattre ? Est-ce pour un pays contaminé par le mal occidental que j'ai sacrifié ma vie de femme ?

» J'avais vingt-trois ans quand je suis arrivée. J'en ai aujourd'hui trente-sept. En quatorze ans de cohabitation avec Ayamei, je me suis mise à aimer sa tragédie, sa solitude, sa bonté. Je la vois encore, à la fenêtre, face au Luxembourg, elle, si désespérée, rassembler pourtant son courage pour continuer. Nous avons continué à jouer notre rôle, malgré les contradictions et les absurdités. Elle prononçait des discours sur les Droits de l'homme devant des hommes qui se faisaient la guerre pour le pétrole. Je me prostituais au nom du communisme alors que le pays ne fonctionnait plus qu'à l'économie de marché. Elle serrait la main des politiques européens qui prêchaient la démocratie en rêvant de devenir dictateurs. Je souriais aux hommes soudoyés par l'argent. Ils avaient tous renoncé à la liberté pour devenir mes esclaves.

» Il m'est pénible de me regarder dans un miroir et d'y trouver un visage qui n'est pas le mien. Je m'entrevois à travers Ayamei : son front est marqué par l'usure du temps, ses yeux expriment la dureté de ceux qui n'attendent plus le bonheur. Où sont partis mes vingt ans ? Où sont partis mes rires, mes élans, mes larmes de douleur et d'exaltation ? J'avais un rêve. Il s'est évanoui !

» Jonathan, tu ne seras pas ce cadavre gisant au pied d'un immeuble parisien, tu ne seras pas un agent double. Je n'ouvrirai pas le livre de ton existence. Dans le monde du renseignement, les seules informations inutiles sont celles de nos vies et celles de nos souffrances. Un poème chinois dit que, lorsque les mensonges deviennent vérités, les vérités deviennent mensonges. En effet, tu avais raison : dans notre monde, tout est illusion, toi, moi, les gens qui tirent les ficelles. Je ne veux pas détruire l'amour que j'ai éprouvé pour toi quand j'ai pris la décision de ne pas te tuer. A présent, je me sens jeune, pure et belle. Je suis enveloppée d'une douce chaleur, merveilleux apaisement. L'amour, c'est la poupée que je n'ai jamais eue, c'est l'enfant dont je n'accoucherai pas. Il faut que cet émerveillement se prolonge et qu'il ne s'arrête plus.

» Qui es-tu, Jonathan Julian ? Sais-tu que je t'ai souvent observé pendant que tu dormais ? Du fond du cœur, je t'ai souhaité un passé moins douloureux que le mien. Tu ne liras pas cette lettre. Tu ne sauras rien sur moi. Je serai cette passagère du 21 place Edmond-Rostand qui aura laissé, dans l'album de ta mémoire, un faux nom et un faux passé.

» La mort, je l'ai pas mal observée. Une grimace, des yeux révulsés, un tremblement. Puis rien. Ayamei, surprise par une crise cardiaque, sera morte dans son lit. Personne ne connaîtra l'histoire d'Ankai, personne ne se demandera qui était Jonathan Julian.

» Nous les humains sommes à l'image des instruments de musique. Notre monde est une symphonie chaotique. Un peu de silence ! J'ai rêvé de la liberté. Enfin, le moment est venu pour moi de m'évader. Au revoir, Jonathan, je vole vers un pays immense, plaine infinie où poussent et s'épanouissent des millions de fleurs sauvages. »

Le colonel Ankai range son stylo et remet son bureau en ordre. Elle emporte les feuillets qu'elle vient de rédiger dans la salle de bain. Elle allume un briquet et les brûle avec soin au-dessus des toilettes. Les flammes ondulent vers elle comme des mains tendues, puis deviennent des poings crispés avant de s'éparpiller et se faire cendres. Elle tire la chasse.

Dans un tiroir, elle trouve la trousse de secours. Elle ouvre une boîte d'ultralevure, verse les gélules sur le rebord du lavabo et saisit l'une d'entre elles marquée d'un minuscule trait noir.

0 h 59

Un bruit infernal. Ankai bondit hors de la salle de bain. Elle décroche son épée du mur, coupe les lumières et se tient immobile dans le noir.

Quelqu'un tape violemment à la porte.

– C'est moi, ouvre !

Elle ne bouge pas.

Bill frappe encore plus fort. Après avoir longuement hésité, elle marche à tâtons jusqu'à l'entrée.

– Ouvre-moi, je veux te parler !

Elle ne répond pas. Bill tape avec ses poings. Le plancher tremble.

– Ouvre ou je casse cette porte !

La voix d'Ankai est lugubre :

– Que veux-tu, Jonathan ? Tu vas réveiller tout l'immeuble.

– Je m'en fous ! Ouvre cette porte.

– Retourne chez toi. Nous pourrons nous parler demain, calmement.

– Il faut que je te voie. C'est urgent ! Ouvre !

– Retourne chez toi, je te dis. Ou j'appelle la police !

De l'autre côté de la porte, Bill se met à rire.

– La police, pour nous embarquer tous les deux ? Allez, ouvre tout de suite !

Elle soupire, sa main trouve l'interrupteur. Elle pose son épée contre le mur et regarde à travers le judas. Bill est en chemise, les mains en l'air.

– Tu peux vérifier, dit-il. Je n'ai rien...

La porte s'entrouvre. Ankai attrape le bras de Bill et le tire brutalement vers elle. Il perd l'équilibre, trébuche et franchit le seuil. Elle claque la porte.

– Que veux-tu ? interroge-t-elle, les yeux étincelants de colère.

Il retrouve son équilibre et se met à déboutonner sa chemise.

– Que fais-tu ?

– Te montrer que je n'ai rien sur moi, répond-il en se dégageant de son pantalon.

Il enlève son caleçon et jette sa montre. Comme il est venu pieds nus, en deux secondes il s'est entièrement déshabillé. Elle le regarde, interloquée.

– Pourquoi...

Il ne la laisse pas finir sa question, l'enlace et l'embrasse.

– Je veux dormir avec toi, dit-il.

Elle laisse échapper un soupir.

– Viens, allons nous coucher, dit-il encore.

Jonathan se dirige vers le lit en traînant Ayamei par la main. Elle le suit docilement. Dès qu'il lui a tourné le dos, elle laisse tomber la gélule d'« ultralevure » qu'elle tenait cachée dans le creux de sa main. D'un coup de pied, elle l'envoie sous le lit.

Shan Sa
dans Le Livre de Poche

Impératrice n° 30149

Elle est née dans la fabuleuse dynastie Tang du VIIe siècle. Elle a grandi au bord du fleuve Long, où elle apprenait à dompter les chevaux. Elle est entrée au gynécée impérial où vivaient dix mille concubines. Elle a connu les meurtres, les complots, les trahisons. Elle est devenue impératrice de Chine. Elle a connu la guerre, la famine, l'épidémie. Elle a porté la civilisation chinoise à son apogée. Elle a vécu entourée de poétesses, de calligraphes, de philosophes.

Elle a régné sur le plus vaste empire sous le ciel, dans le plus beau palais du monde. Elle est devenue l'Empereur-Sacré-Qui-Fait-Tourner-La-Roue-d'Or. Son nom a été outragé, son histoire déformée, sa mémoire effacée. Les hommes se sont vengés d'une femme qui avait osé devenir empereur. Pour la première fois depuis treize siècles, elle ouvre les portes de sa Cité interdite.

Du même auteur :

Aux Éditions Albin Michel

MIROIR DU CALLIGRAPHE, 2002.

IMPÉRATRICE, 2003, prix des Lecteurs du Livre de Poche 2005.

Chez d'autres éditeurs

LES POÈMES DE YAN NI, Éditions du Peuple de Guang Dong, 1983.

LIBELLULE ROUGE, Éditions des Nouveaux Bourgeons, 1988.

NEIGE, Éditions des Enfants de Shanghai, 1989.

QUE LE PRINTEMPS REVIENNE, Éditions des Enfants de Si Chuan, 1990.

PORTE DE LA PAIX CÉLESTE, Le Rocher, 1997, Bourse Goncourt du Premier Roman, prix de la Vocation littéraire.

LES QUATRE VIES DU SAULE, Grasset, 1999, prix Cazes.

LE VENT VIF ET LE GLAIVE RAPIDE, William Blake & Co, 2000.

LA JOUEUSE DE GO, Grasset, 2001, Goncourt des Lycéens, Kiriyama Prize (États-Unis).

Composition réalisée par IGS

Achevé d'imprimer en octobre 2007 en Espagne par
LIBERDUPLEX
Sant Llorenç d'Hortons (08791)
Dépôt légal 1re publication : octobre 2007
N° d'éditeur : 90512
Librairie Générale Française – 31, rue de Fleurus – 75278 Paris Cedex 06

31/2141/5